拾捌

缪妙 著

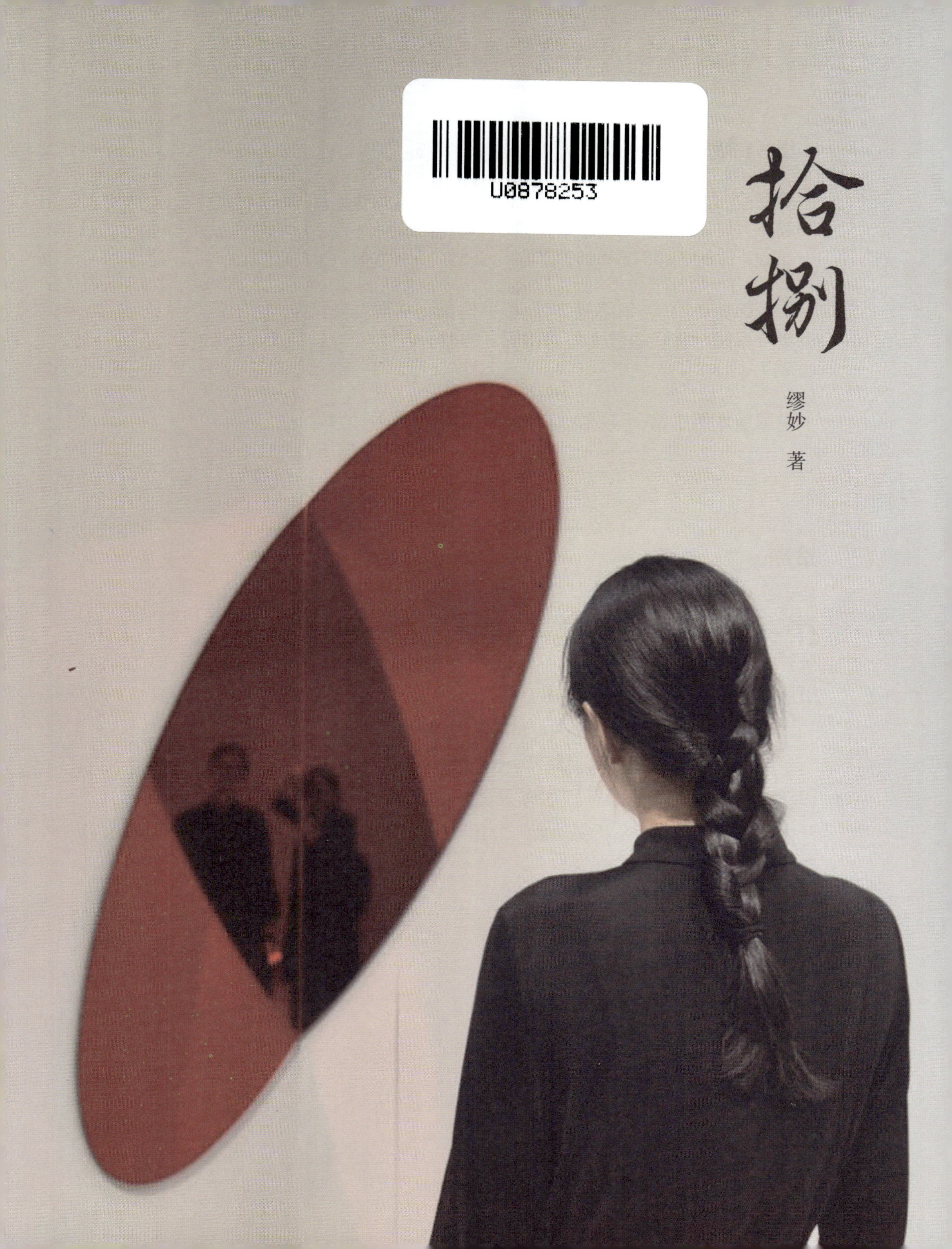

图书在版编目（CIP）数据

拾捌 / 缪妙著. -- 石家庄 : 河北教育出版社,
2022.8
ISBN 978-7-5545-6933-7

Ⅰ. ①拾… Ⅱ. ①缪… Ⅲ. ①书信集－中国－当代②
诗集－中国－当代③散文集－中国－当代 Ⅳ.
①I217.2

中国版本图书馆CIP数据核字(2022)第010543号

拾捌

作　　者　缪　妙
责任编辑　王艳荣　张　怡
装帧设计　赫　江
出版发行　河北出版传媒集团
　　　　　河北教育出版社 http://www.hbep.com
　　　　　（石家庄市联盟路705号，050061）
印　　制　河北新华第一印刷有限责任公司
开　　本　787 mm × 1092 mm　1/16
印　　张　17
字　　数　249千字
版　　次　2022年8月第1版
印　　次　2022年8月第1次印刷
书　　号　ISBN 978-7-5545-6933-7
定　　价　68.00元

火警119

我甚至觉得我在以一个旁观者视角看待自己成长的方式：是以阅读自己的每一篇文字为途径，并且乐于探寻和批判自己每一篇文字背后的心理感受和价值认知，这并不是自我否定，而是当我们可以以他人视角看待自己时，态度会更加中立与平和，评价会更加客观和理智。由此写作便成了“自省”的不错选择。

目 contents 录

拾　捌

——自序

整理这本书的过程就像是一个与十八岁的自己擦肩的过程。

成长历程中的每一帧画面都被一行行在眼前划过的文字放慢了，我因此又得以有机会可以重新回看一遍十八岁时自己的所思所想。文字和诗篇的确有这样的本事，无论是辞藻华丽的还是文段质朴的，只要是当时提笔时足够真诚和细腻，都可以把人重新拉回到灵感迸发的那个当下，用字里行间的词句在每一个阅读者的脑海中播放着有关读者自己的故事。而记录的意义也大抵如此——也许激发这种所思所想的人和事已经在生命历程中的某一个阶段消逝了，可是留下来的文字，所记录下的感受却是可以长久留给自己的财富。把易逝的时间和生命存放于耐久的文字中，便可以跨越生命的长度，对生命的厚度和广度产生意义。

文字永远忠于自我。它是人在溺于生活中的种种时上天抛下来的一个救生圈，我们借由文字来抒发着对生活困苦的感受。我们描述着、审视着、理解着，仿佛由此便可以慢慢走向那个超越困苦也超越一切不如意的上帝视角，好像是以这种方式完成了某种自我救赎一般。便在浑然不觉中，进化为了新一个高度的自我。我们在不断进行内在审视和自我理解的过程中，一遍又一遍地完成着和自己的交谈。写作者由此享受着与自己诉说的快乐，所以会在享受着孤独的同时不断完成某种与自我的和解过程，这是快乐的来源和意义，也是不孤单的缘由。

写作使人可以敏锐地捕捉内心动态，同时又对自我保有距离。普鲁斯特说，在他写作的时候，进行写作的是他的“另一个自我”，而不是日常生活中的那个他。我大概想表达的就是这个意思吧。我们在用内在的自我敏锐捕捉着外在自我的种种，而只有对外在自我有着超脱的“距离感”，才能用清醒的旁观者视角审视并窥见我们内心的变化与波动。而这种自我窥见是具有幸福感和满足感的，是勤于为自己写作和记录，所以拥有着最富有的感受和不惧衰老的勇气。因为只要翻开这每一页中的词句，就会有最鲜活和热烈的十八岁跃然于眼前。

就像是我把十八岁的自己永远地留在了《拾掇》里，她会永远带着最本真的爱和美好，不惧岁月地鲜活和生动着。

《拾掇》——是我送给自己的成人礼。

《拾掇》的意义依旧是“以便备忘”。备忘那些敢于写下情感表达的勇气，备忘那些灵感迸发的瞬息，备忘那些细小却扎根在心里的可以感受美好的能力。为什么要说备忘呢？大概是发现从前那个无时无刻不在提笔记录的小朋友，开始把总会有的那些柔软的感触只是写在心里而不再付诸笔尖了，从前任何感受都有勇气提笔写下的自己也开始被现在的我怀念起来了。

十八——这个看似有着轰轰烈烈重要性，却依旧有着和普通时日别无差别的平静的成长点上，许多东西都在悄无声息地发生着变化。当想要提笔写下以前的故事，却发现越来越多的画面开始变得模糊的时候；当身边越来越嘈杂，一个人的时刻变得越来越难能可贵的时候；当发现自己开始变得沉着、果敢，对自己的目标越来越清晰有棱角，却很久没有好好剖析过自己的内心感受的时候……我们的确在努力变成成熟的大人，但最值得被记录和珍藏的瞬间也都从我们加速度的脚步下溜走了。

《拾捌》——写的是十八岁的自己，是一份对自己的十八岁的赠礼，是一种用文字记录自己成长节点的方式，也是回看自己巨大变化的媒介。把它送给即将变成大人的自己，以用来记录年少时最真切的感受。如果说读书是在“低着头向上看”，那写字大概就是个埋着头向内挖掘的过程吧。希望自己可以在跨越这个成长节点过后再读得更多，写得更多。要有更清静的身边，更深刻的眼光和更澎湃的心。在与文字常为伴的日子里，继续拥有着自予的莫大的安全感、幸福感和归属感，并赖以文字继而在享受孤独的过程里，不断自我发掘并找到与自己友好且平衡的相处方式，让每一段只与自己为伴的日子都不荒芜和单薄。也希望自己在几十年后回顾过往时，还是可以坚定地说：如果有机会再回到十八岁，我还是选择做当下的那个自己，十八岁那年被我热烈且长久地珍藏着……

祝往后的自己永远都有同十八岁一样的美好、热烈和诚恳，希望自己在多年后回看还会依旧真诚热爱并欣慰着这灼灼十八。

缪妙

2022 年 6 月

与成长中的自己对视

——读缪妙的诗文有感

建　忠

一颗心灵和另一颗心灵是多么的不同，如这世界上的树木、枝叶和花朵，在相近的树形、叶脉和花纹中，那各自的气息，却暴露了它们不同的秉性、脾气。那是一个个生命，鲜活的、灵动的、奔放的、跃然的生命，像这尘世一个个人，一颗颗心灵。这世界因而丰富、饱满和生动。

我之所以先写下这句话，是因为我看到缪妙同学的第一眼时候，一个念头直接涌上来：这是一个多么与众不同的孩子，不，生命。

初见缪妙，她一点儿不怯生，落落大方，纯稚可亲，与亲人不时地互相“揭短”。一会儿就不见她了，一回头，她正在一个角落，安静地坐在那儿，在手机备忘录里写着什么。城市喧嚣，屋内的父母辈说着关于人事流转的话题，一个少女安静地坐在角落，自动屏蔽纷扰，沉陷在自己的世界，纯净而美好。

属于这个年纪，或多愁善感或疾风狂雨般的纯净和美好。

相比较缪妙出版的第一本书《备忘录》，我读到的这些书稿，是她高中毕业前后参加一些社会活动的心得和出国留学的所见所闻，这些，都以随笔或者诗文的形式记录了下来，有着个人私语的隐秘意义。一些体悟，更是仅限于家人之间的交流。然而，比《备忘录》着眼于生活中点滴琐事、家人琐记，这一部书稿明显彪炳着“初入社会”的痕迹。比如，在《走出三月二十八日》这首诗歌里，就有这样的词句：“他畏惧了亲切和熟悉 / 他胆小的更换着自己的面孔 / 他知道世界上有他 / 可他不知道究竟有多少个他 / 他的心里有多少角色在作祟 / 有多少蠢蠢欲动布满他的血管和神经，”这些语言，透露着个人打量世界、与世界对望的惶惑与怀疑；紧接着，这首诗进入了更具想象力、更具视觉化的通道：“他买了一张凌晨的车票 / 转七站到达格雷撒小镇 / 他只想去那里 / 他记得他的姑妈曾在那居住过十几年 / 那里的狗尾草和雏菊遍野 / 傍晚能看到山前落日 / 有酸甜的黑莓果子，也有发着些苦味儿和凉气的薄荷叶。”这些词句，有着十九世纪法国文学的细致、自然与歌吟般的摇曳，甚至带着点儿少女的俏皮，色彩感十足。“后来的他对那夜一问三不知 / 没有三月二十八日 / 没有格雷撒小镇，也没有任何记忆 / 他不记得他走出去过，但那许多个他自以为的他都变得不一样了 / 所以也就不必问记得与不记得的意义。”我尤其喜欢这样的结尾，小诗人骨子里的那种明亮、执拗活跃在字里行间，止也止不住。这也许是她的一个白日梦，一个读后感，或者一种想象，甚或，就是她眼前的一幅画：一个头发卷曲的男人，穿过小镇的石阶，凌乱纵横的电线网和屋顶上，横亘着一片狭窄的蓝天：那是远方。一个人，心中的远方。

缪妙的诗作中，有不少是借景抒情的。一面窗台，窗户下异国他乡的夜景，都能牵动女孩易感的心灵。但她的诗作，又明显已不停留在小情绪的抒发上，而是试图思考生命、时间等问题。比如，在诗歌《明灯常亮》中就有这样的诗句：“而我与你 / 走过禅寺与亭台 / 踏过山川与楼宇 / 生生世世一起 / 转过世事 / 于下辈子再遇 / 光亮依旧，万古长青。”这虽然是与逝去亲人间的彼此约定，但更像是与岁月对视的一份勇气。是啊，“光亮依旧，万古长青”，这是只有生活在爱的拱围中的人，才会说出这样的有气势的语句来，因为，他（她）们生来就被亲人的爱簇拥着，自小就建立了以爱抵御岁月侵蚀的自信。对于爱、生命、亲情的不断书写，构成缪妙文字中最具感染力的那一部分。“我看着我们的生活向远方无限生长 / 我们的轨迹不断更新 / 在时光长河中发烫 / 你的眼眸，如天上落下的星辰般明朗”，这已经将生命当作是参天大树或者蔓延远方的植物，叶脉间满是炽热的情感与蓬勃的生长。

如同上述所言，缪妙的诗作中呈现出诗画同在之感。我不知道她是否还善于绘画，但至少，在她的眼里，世界是一张巨型的、可变的、多色彩的画作。在《夏书》中，她这样描述色彩狂飙、生命恣肆的七月：“若日月同时为行人掌灯 / 楼宇里长出树木 / 苍穹里流淌着小溪 / 云朵里住着游鱼 / 飞机都变成耀眼的星 / 那山川云雨就是收不了卷的诗书 / 盛夏七月的苍绿、明黄、朱红就是风物洒落的色盘 / 落笔浓重却畅快肆意”，多宽阔的想象。再看下面的诗句“我爬上圣埃德蒙的玻璃塔屋 / 歪扭吱嘎的台阶像极了格兰芬多会动的楼梯 / 墙面上挂着无数肖像 / 每一双无神的眼睛都好似在注视着你 / 玻璃外弯弯的月是俯瞰宇宙的摇椅 / 绵绵的雨是催眠的老唱机 / 在这个无限沉寂的时空里 / 想你，便成了唯一完整的事情”。这些诗句，是将“感觉的调色板”打翻了，赤橙红绿，斑驳陆离，全为世界装点上最耀眼的眼色。再如这几句：“在午后的阳台洗着砧板 / 桃 杏子 樱桃和草莓 / 日子愉快且漫长 / 每个夏日时分都发着光和声响”，很像这两年横空出世的女诗人余秀华的落笔，不同的是，这个小诗人的内心温情和恬静，文字中充满着呼吸的畅快与愉悦。此外，我想这些文字，应该是受了她在英国留学经历的影响。欧洲民间文学叙述有一个传统，是田园（庄园、古堡）文学的遗存，非常善于从身边的草木山峦找寻灵感。比如，那首著名的英国民谣《斯卡布罗集市》中，就用了许多英国人生活中触手可及的事物，比如：Are you going to Scarborough Fair（您正要去斯卡布罗集市吗？）Parsley,sage,rosemary and thyme（欧芹，鼠尾草，迷迭香和百里香）；Remember me to one who lives there（代我向那儿的一位姑娘问好），She once was a true love of mine（她曾经是我的爱人）……缪妙诗句中的许多处，都有这样的笔触。我相信，这既是她天然心性的流露，同时受到了英国文学的滋养。

当然，这本书稿中，最让我感动的，还是缪妙对于家人的描写，尤其是对姥爷的描写。姥爷，是这个家庭共同、长久的话题和精神丝带。他英俊洒脱，博学多才，性情天真。他年轻时因文章出众，曾被选拔到中央机关给中央领导写大材料；后在“文革”中被错划为右派，一生颠沛流离，但始终坚守初心，矢志不渝，称得上“内圣外王”，他的生活态度影响了儿孙辈。缪妙的少年时期，姥爷退了休，二人有了大把时间朝夕相处，爷孙俩更是好成一团，也闹作一团。正因如此，八十九岁的姥爷在2018年3月离世的时候，缪妙格外伤心。这部书稿中，不止一篇作品写到姥爷。在诗歌《寄给天堂的一封信》中，这样写姥爷生活中的情态：“终止不了想伸手触碰你的急切心情/尚可以世界上的万物为介呼唤你/却不能再唤回你/那加上点猪油的葱油饼/那埋怨着小米粥烫嘴的嫌弃/每次隔着门和承重墙都能听见你冲着声控灯喊那响亮的一声‘嘿’/还有举着拐棍当当敲门的声音……”这完全是白描式的、甚至不能说是诗的语言，将心中存留的记忆，泼洒在纸上。在文章《金婚》中，她以一个后辈的眼光，探寻和重温着姥姥姥爷一生互相搀扶的生活。那些尘封往事，一些是父母讲给她的，一些来自姥姥姥爷，这些，全化成了她笔底文字的温情与柔软。她这样写姥姥姥爷的爱情：“她爱他文艺青年的才气过人，知识渊博；他爱她性格的温暖，和气质里的灵动，便因此而无悔地选择，坚守地付出。就是因为初相识，就是因为初相知，那一眼便带过了五十年的云烟。有故事里上谷的金秋黄叶，两个柜子一个铺盖卷儿。有记忆中的十年浩劫，她挺着大肚子步履蹒跚的看望和陪伴。有似如电视剧的故事情节，有起伏波折的时代经历，有让这一辈人难以置信，却倍受感动的力量”“夕阳里，阳台上，温暖的光穿透玻璃打在脸上，姥爷俯身在案边写着心经，姥姥在厨房里忙碌着准备饭菜，墨香和饭香交杂，一笔一画，一字一句，给了我家。”这一生的陪伴，正像她在文中引述木心的诗句《从前慢》那样，一辈子，只够爱一个人。

但正因如此，这爱，丰厚、悠远、绵密而长情！

长文《在这世界上我顶喜欢我姥爷》的名字，貌似一个小女孩执着的表白，但看完全文，却心里沉甸甸的。令人心有所感的，不仅仅是其间爷孙俩琐屑的、没心没肺的玩闹，更有对上辈人生命经历、内心炼狱与精神成长的探究。比如这样的文字："姥姥跟我讲，当年在北大荒的时候姥爷负责伐木烧炭，白天干非常繁重的体力活，晚上就饥饿难耐睡不着觉。他住的工棚离做饭的伙房有不到一里地，夜里实在饿急了，他就悄悄地溜进了伙房，伙房里有给工友们熬好的米茬粥，上面结了厚厚的一层粥皮，他就直接用手把粥皮抓起来吃，吃完就赶紧往回跑。那一夜就这么挺过来了。但有些人都在那儿饿死了。"这些描述，远超出今天未经饥饿和困顿年代的年轻人的经验。她能记住并且如此清晰，这就是天赋，一个当作家的天赋：对于他人痛苦的关注，并且给予体恤与同理心。在缪妙眼中，姥爷到老了，也还保留着书生意气，看足球赛，他会激动地与评论员一起点评；遇到高兴之事，他会主动要求喝酒、写字。但姥爷内心的"深海"也被她窥见，于是，有了这样的文字："可是，当他的背影静立在光影中，手腕一点一提在纸张翻飞间；当他一字一句为你讲解诗词歌赋；当他坐在角落静静调试琴弦；当他沉默地看着窗外沉浸在老故事中时……你便能体会到儒雅的含义，体会到沉静厚重于老者身上的味道，体会到这一家人对他又爱又怨的复杂情感了。"在叙述到姥爷生命临终的时候，这个女孩用了一种克制的写法："上午的十点二十九分，我目睹了他的离开。上午的温暖阳光洒在他安详的脸上，仿佛离开时还满眼笑意。姥姥哭着对我说了句

‘一万八千三百九十一天。’我明白，这是他们一起走过的日子。”我很喜欢这种平淡、清浅的写法，内心的隐痛，全部沉淀在这些看似平常的文字中了。

这部书稿中，还有重要的一部分，是缪妙在参加各种会议，以及留学过程中对一些社会话题的辨析。这些话题涉及男女性别差异、东西方文化表述等，范围较广，这也显示出中外文化同时浸润下的学子，开阔的眼界与思考问题的不同角度。只不过，我更看重前文所摘录的那些文字，那样灵性。在那里，我看到了一个人从家庭温暖底色中走来的自信、纯净，也看到了在一个个体成长过程中，与自己对视、与世界对视的勇气。这对视中，也许有慌乱，有沮丧，但更多的是发现的欣喜与快乐。

是的，快乐！愿缪妙小友，永远快乐！

2021 年 10 月 4 日

诗

仅自己可见

目光灼灼
才是写给你的情诗

夏　书

交叠的苍绿灌进七月的眼里
从破漏墙壁的缝隙窥探满城的虹霓
老槐树的发饰是傍晚紫橙色的云霞
轻细的暖风掠过
如同少女柔软的唇吻住了往来行人的鼻尖
人人为她驻足、留意、沉迷
可她如此来去不定、踪迹神秘
人们触不到她却只记得她的气息
带着盛夏青草的冷涩气味和野玫的浓郁

我赤脚踏进花园小径的石路
泥点亲吻着白条纹的睡裙
那古塔后升起的月仿佛住在了云的尽头
而能表达我爱意的最好词语就是不远万里
如果落日余晖有巡回演出
那我一定是最忠实的追随者之一

若日月同时为行人掌灯
楼宇里长出树木

拾捌

苍穹里流淌着小溪
云朵里住着游鱼
飞机都变成耀眼的星
那山川云雨就是收不了卷的诗书
盛夏七月的苍绿、明黄、朱红就是风物洒落的色盘
落笔浓重却畅快肆意

我爬上圣埃德蒙的玻璃塔屋
歪扭吱嘎的台阶像极了格兰芬多会动的楼梯
墙面上挂着无数肖像
每一双无神的眼睛都好似在注视着你
玻璃外弯弯的月是俯瞰宇宙的摇椅
绵绵的雨是催眠的老唱机
在这个无限沉寂的时空里
想你
便成了唯一完整的事情

我把日月的碎片一一收集
放进瓶子里
盼着积攒齐全就能创造出光阴
我的梦在夜里烧成了诗
缭绕的簇簇火苗伴着蝉鸣和星星
向漆黑的深夜诉述沉默的心事

2019 年 6 月 14 日

有头无尾

我有好多话想对你从头说起
却不知后来什么结局
开头的故事里
写满的全叫作始料未及
放在过往时间里的
都带着过度演绎

全是遗憾
写满对不起
却不知该如何舍弃
踏进这人间深渊里
鼓动孤独的臂
刺穿强硬

撕扯日历
翻看已度分秒里的印迹
后悔的都是过去
难用言语记忆
把回忆撕碎
揉成秘密

拾捌

我有好多话从未对你说起
似乎猜中后来的结局
故事的最后章节里
盼望和期许
终于成了漠然不语
爱和歉意都分崩离析
只剩下分离来的合情合理

2018年6月28日

独　影

牵云而走
远风声幽
于心底描绘你的纹络
指尖与掌痕的温存
会否在纸张飞墨里驻留

可忆否
若与你只当初见
罢却时间的短暂或恒久
便愿只囿于词词字字的生活

可遇否
若当时只道梦是寻常
随笔划约了夏首
在后海的旧宅遇你的魂魄

夜深月半
冷光嫩柳

诗意久
水波倒影悠
壁灯黄光暖的通透

独影走
了无音讯与人烟
或单意想着楞伽山中那位人儿
着长褂
卷包裹
背着手

燕过
雪撒雨落焚香沐手
回音
心音
佛音
与水声潺潺
缭绕伴随着你归来的身影了了忧

月映鸟羽影
转眼冷秋
斯人独影走
来世同为归客

2018 年 4 月 6 日

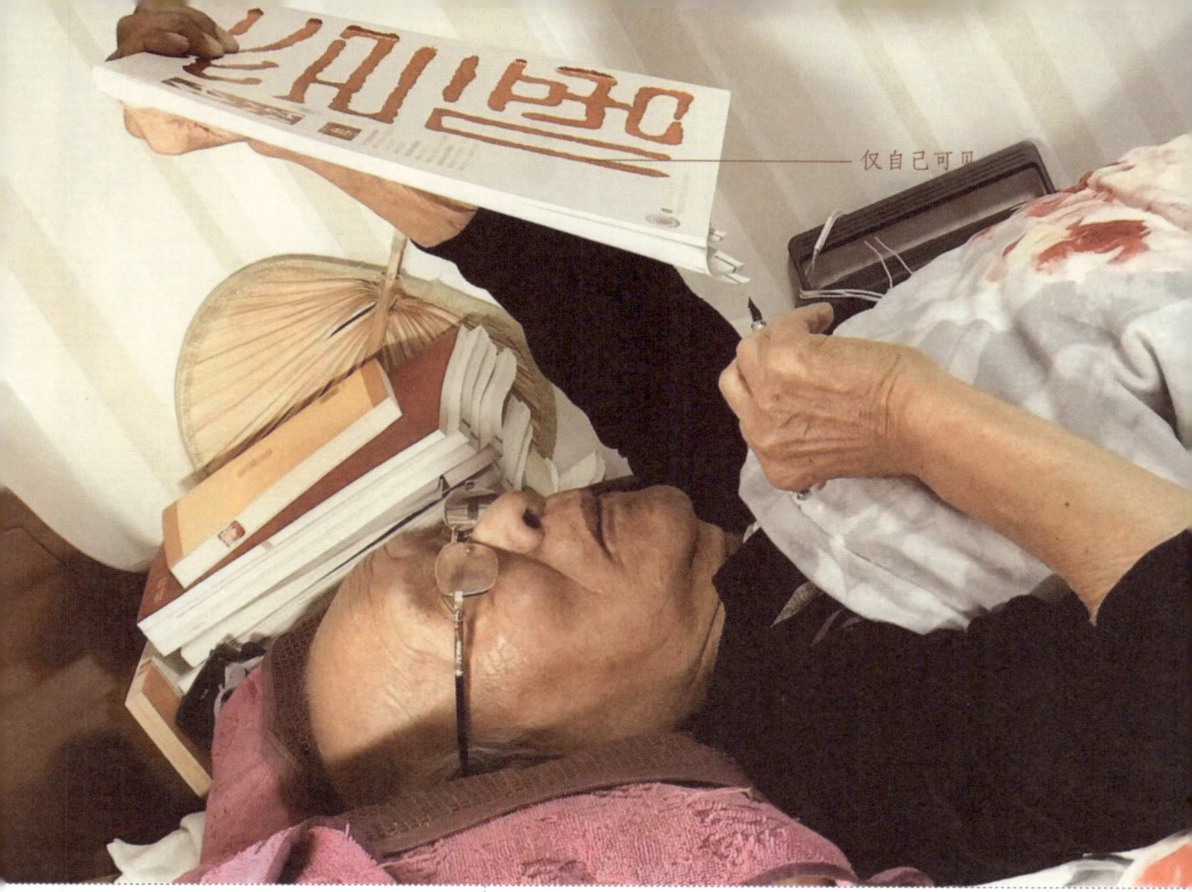

明灯长亮

如果眼泪可以云涌风起
触动大地
将你留在心里
或许很多东西就不会逝去

我现在哪敢用逝去之类的词语
明明白白的清楚
除非时过境迁
不然我终无法再走到你跟前

拾捌

庆幸生命中有你存在的痕迹
感谢岁月把我送到你生命里
托燕儿在早春三月替我向你带去思念
将玉兰的瓣蕊碾碎铺平在大地
把油菜花洒满山脊
再将青枝插在我的口袋里

因为我要与你始终同行
握着你的坚毅
跟着你的步履
因为精神始终高标的你
与命运斗争是此生不渝的目的

爱亦悠远
思念绵长
足以跨越天际的维度
在生命的征程里
诗、爱、好酒
便是你生活的趣意
而我与你

此生的真实相遇便止于这里
此后的年年月月
或许再无惧黑夜与魂灵

而我与你
走过禅寺与亭台
踏过山川与楼宇
生生世世一起
转过世事
于下辈子再遇

光亮依旧
万古长青

而我与你
够我一辈子想念
追忆

2018 年 3 月 28 日

拾捌

被深夜席卷的时日

恍惚在欲罢不能间
遥想上古的荒山、秋叶与圆月
那仿佛伴着落叶抽离开的时间
也于深夜被暂且搁置

无限蔓延
你晃似梦见秃鹰盘旋
于山崖角与时空隔离
判若云烟

从未与当年谋面
却也亲近了你的时间点
为不曾熟知而抱歉
也为曾经的嬉闹感念

叩拜光亮和明天
将祈福与祝愿当作禅香的烟
足够有力
能缭绕河山与苍天

卷你的孤傲藏匿于大地
携你的背影挂在梦脚边
山野寂寂
只有孤鸟鸣唱的嗓音

不必默念菩提婆娑
命的光
也普照肉身
如人的愿

明灯会长久亮的
剥开我的每寸血肉
予祝愿于海河的波纹和紫塞的层峦
也愿将一生的运气与你做交换

站在炙热的泥土里
生生不息的信念跨过四季
冬日傍晚的霞光和雾气
铺满了层叠交错的松枝与墙壁

拾捌

你被那从未有过的深夜包裹
我掉进了不见底的深渊
假想能与你隔着平行时空的模糊距离
同时拥抱至暗

蜷缩在黑暗里抓着火花
那漆黑并不强烈
佛眼的光照进你的眉宇间
上天的臂膀怀抱四野

言语戛然
余生
唯留祈愿

2018 年 2 月 24 日

纹路

距离乘风呼啸着思念的绵久
时间踏月婆娑着无言的哀愁
云隙的暖光化作触摸的温度
青山的盘峦留下相爱的纹络

在夏夜的小城里
故事也会显露

爱意不似风
也不似水
甚至不似岁月流年
在夜风中化作虚无

我只似我一样爱你
他亦如他一般

岁月都远了
我们才算数
才有了你我

2018 年 8 月 20 日

于是我再不唱歌

我该如何写哭
哭声是不是也可以唱歌
眼泪是否是哭的代表作
表现了哭的劣拙

人们只自顾自地说
却从未体会泪滴离开眼眶的不舍
人们从未听见过哭声的高歌
他们不会唱出悲戚的音符

多少人们在笑与泪的交融里引吭高歌
唱着生命永不会因时间而干涸
信仰与泪滴无关
但泪滴会常因信仰掉落

我梦见我听到了哭声写成的歌
这歌声让人无法唱出
因张口便会哭泣
让人看到哭的做作
这是否是做作
还是人们的浅薄

只自顾自地张嘴闭嘴假装瞎说
说这世上的苦难与战争都与他无关
手指滑动
眼神闪躲
便只顾吾自的感受

我们早听不清哭声的歌
我确也无法写出哭声的曲谱和段落
每个人的调子都在每个人心里回转
泣不成声
或泪滴落自成歌

2018 年 9 月 17 日

拾捌

砌在字缝里的假想

她独身潜入后半夜的暗淡
悄悄打开深夜的喇叭
带着仿佛能刺入深夜心脏的毒辣目光
凝视黑夜冷窗倒映中的自己
聆听汽笛长鸣般的组曲
抬手抚摸桌边艳似滴血的花

她说了一篇奇异的话
脸苍白瘦削如骷髅
张嘴大喊着灾祸临头
可转头又披下长发
轻轻亲吻了他

她与人间烟火无关
与一切世事常态相叛
冰雪里盛放的莲花
败于冬日的寒梅
正午时分草叶上的露水
都是她

她是无生命的妖女
无影、狡黠、长发

这美丽的魂影常居于枯草环抱的山坡
孤独、畅快地游荡
撷取年轻骑士的目光做枝杈
栽在她山坡上的家

她轻轻地唱歌
整日说着奇异的话
目光温柔里藏着刺刀
划破长夜暗淡
拨动长发
说着爱他

我被那中世纪的情调诱惑恐吓
慌神走出济慈的书札
突觉这同为黑夜
无情的妖女和那苦恼的骑士
或也该从这热烈而孤冷的臆想中
走回几百年前的月下

2018年10月3日

拾捌

朝　暮

我只想在你的人生里
开一扇轻盈而干净的窗
向你的心里折射淡淡的阳光
时不时往你脸上加点开怀的笑
像燥热炎夏时的雨滴
那沁入心扉的清凉

我只想让你在憋闷挤压的生活里
得一丝丝的松快
能在疲惫后踏实地睡个长长的午觉
起床就有热热的茶
我想同你勾着胳膊站在窗前
看抬眼望去就觉得暖暖的夕阳

我只想往你的生活里加那么一点点的慵懒感
给你的心里添些快意和欢畅
像秋日里银杏树的金黄
也如院中扑鼻的青草香

我想往你的日子里加点简单明了的小快乐
给你做点好吃的菜
就如炉灶上热腾腾的番茄牛腩一样
冒着咕嘟咕嘟的泡泡
那熨帖与知足在你脸上荡漾

我想陪你踏着夜色踩着霓虹灯影
去超市买点新出炉的面包
再挑几样新鲜的菜
打算着明天做点什么新花样

我们拉着手回家
在路上聊着些悄悄话

这平淡舒缓的画面
显得生活柔软且诗化
若是把杂乱无章的日子过成画卷
便也不怕岁月的磨炼与捶打

2018 年 11 月

拾捌

走出三月二十八日

他在昏睡后醒来的凌晨
拽走一件外褂搭在肩头
推开楼下的冰凉铁门
头也不回地走进湿冷的夜色里
眼角还挂着困顿

没人知道他想去哪
连他自己也不清楚
他只知道他睡的昏了头
只想赶快走出去
哪怕冲进令他自己感到陌生的境地里
这才使他觉得获有安全感

他畏惧了亲切和熟悉
他胆小的更换着自己的面孔
他知道世界上有他
可他不知道究竟有多少个他
他的心里有多少角色在作祟
有多少蠢蠢欲动布满他的血管和神经

他手里那件靛蓝色的外褂
和他凌晨出走时的睡衣很配套
他并没有精心挑选
他也来不及
混沌的思绪与从床上弹起冲出去的头脑一热
使他来不及思考

他买了一张凌晨的车票
转七站到达格雷撒小镇
他只想去那里
他记得他的姑妈曾在那居住过十几年
那里的狗尾草和雏菊遍野
傍晚能看到山前落日
有酸甜的黑莓果子
也有发着些苦味儿和凉气的薄荷叶

他也不知道他是否喜欢这些
他甚至不知道自己为何要去那里
他或许期盼着凌晨出发的列车
可以在太阳初升前把他带去旷野里

他想躺在房瓦上看星星入睡
再看太阳苏醒
他觉得他手里那件外褂好像旷野天空的颜色
他也觉得那颜色和他自己很配

拾捌

他觉得欣喜却不露声色

他在一片清晨的鸟语花香中睡去
正午太阳的暖热温度使他苏醒
他赶忙慌乱地抓起衣服朝他来时的方向奔去
他忘记了时间
他现在要赶快回到他的世界里

后来的他对那夜一问三不知
没有三月二十八日
没有格雷撒小镇
也没有任何记忆
他不记得他走出去过
但那许多个他自以为的他都变得不一样了
所以也就不必问记得与不记得的意义

2018年12月8日

日　月

在安静的夜里细数我们的平常故事
恍如那天上的星星落满肩头的——
是念想
星星细碎的掉落声拨动着心的弦音
在思念长河的另一畔
每一帧画面都在记忆里闪着亮儿

假如月亮和星子都打烊
那你便是夜的光
眼眸如天上落下的星辰般明朗

你发丝如缕
随着夏夜的晚风和梧桐叶轻扬
每一缕都缠绕心尖

是时空交错的机缘与发现
是量子穿越的绵延与纠缠
基于距离与想象之上
仿佛那向往星空的孩子

虽深知夜晚是最大密度的玄英
却总在仰头张望

在那个静悄悄的小镇里
初雪落在小店的台阶上
校园里的铃声时不时敲响
黄昏时的街道上
过路人各自奔忙

古老时钟拖着蹒跚步履走过一圈又一圈
时间轻轻滴落在我们身旁
夕阳往窗檐上撒下暖黄色的余光
汽车鸣笛和小贩的叫卖把人间烟火点亮
顺带着被窗外寒风裹挟的泥土香

我们睁眼就是黎明
窗外冉冉升起朝阳
转过头就有你的身影
我便可以大步走向
去往远方的路上

2018 年 12 月 11 日

拾捌

于你面前我便不会写诗

想让字字珠玑落在你眼眶里
如夜空繁星
如银河
如三秋落叶
让你记于心头

想让诗行间充盈和你的时光
让情绪饱满
让回忆无疏漏
使你心间布满感动的温柔

可这似乎太难了
力不从心
绠短汲深

玄妙基因链串联我们的感应
对话的言语间缠绕着默契
似如春暖花开或深秋叶落
相处的氛围感环绕着难得的独特

可这似乎——
已成为生命的附和
于你面前便不会写诗

因由这感情无从记录

尽力而为在梦中
抓过太阳的一角别在你衣领
扯过云的一条做你的裙角
捧回月光做成灯
放在你的床头

血泪模糊费尽周折
可见你在那月光的灯下熟睡
伴着美梦
就已足够

愿那柳丝挂满你的窗口
你的发丝还如叶青葱
愿那栀子花香伴微风缭你的鼻息
你的笑容依旧如花隽秀

于你面前我便不会写诗
因你于我本为诗句般婀娜

2017年9月

看第四十三次日落那天

枯叶的尖角儿弯折着向上抬起
里面满盛跳跃的思绪
叶脉的纹络是拓在泥土上的笔记
若你瞅见楼下孩子又踩到干巴的枯叶上跳着走
干脆声响是九月的腹语
也是我留在空气里连成一串的想你

月亮在云里独行
与灯火彼此眺望却无法触及
它聆听过很多叹息和悲戚
虽不言语
却常伸展怀抱给人间旅客些暖意

春风夏荷都过了
秋水置换须臾
月也住在星河里
它蜷缩在绣着白花的蓝色棉布上
望去
像一封忘写地址的信

拾捌

傍晚的空气被日暮染成蜂蜜味儿的甜
思绪随着眼中被树叶切割的细碎光影沉入地平线里

你就靠在栏杆边看夕阳
落日余晖驻足在你眉梢上
眨眨眼
便抖落下满地星光

总有些温柔能把秋的褶皱熨平
比如傍晚五点山前大道边的狗尾草摇头晃脑
旧本子里的银杏叶也曾缓缓飘落脚边
你衣橱里最爱的姜黄是这个时节夕阳的底色
还有我俩在小馆儿里点的桂花米酒、西湖醋鱼
每一帧画面都与温暖有关
所以即便异乡也对秋熟悉

如果你能在天气好时来
我们就去白崖看海
光脚踩在石子上

盘坐在崖边等落日颤抖着告别东半球
再伸手和风击掌
仰起头在脸上留下和万物打过照面的踪影

秋天的故事该从哪算起？
是与不同颜色的面孔擦肩伴着街灯下一闪而过的鸣笛
是和你坐在居酒屋里的四目相对把酸楚藏进波子汽水里
是在机场的玻璃门外挥手告别把想念揣进口袋
是疲惫时躲藏在思念你的间隙里休憩

毛果子垂挂在树上
阳光搭在枝叶的头顶
缺席月圆的遗憾要用太阳补上
虽遥隔万里
但好在都是光明

2019 年 9 月 14 日

拾捌

抓　雨

软软的床
有邻居们开窗关窗的吱嘎声
雷声轰隆
大雨瓢泼的夜
来这儿以后的雨都是无声的下无声的停
只有今晚特别
雷声很大
大到想让人跑到楼下摸摸雨的尾巴

2019 年 5 月 27 日

独　觑

独身前去
急忙踏往万草丛生的荒境暗觑葱绿
想赶在光亮复苏前面见枯荒之地真实的样子
定会带一丝杂尘或泥垢

这绝不要紧
万不可将存于真实其中的本来面目叫成不完美
这大错特错
这定不符自然的属性

站在丛草中痴想
撷取枝叶间的灵感
塞进笔杆
撇捺间都仿佛带着叶脉般的缠绵
下笔间弥散着草木的清新气味
写出的字句都犹如木植一样挺拔
耐时光与眼光摩擦
能历久弥新

拾捌

晃神
抬脚走出荒地乱林
拨去枝杈阻碍
携了片残存的绿叶毅然离开

推开房门
我摘下了奔涌思绪里的一页
将它种成一枝绿杈
插在木屋的窗下

2018 年 6 月 12 日

寄给天堂的一封信

已是半夜两点半
床头的灯泡还忽闪忽闪
铝皮收音机的呲啦声响让我又想起你借我的那根耳机线
丝丝缕缕的念想串联起故事的碎片
想念好似海边雨落前的风
推着人提笔
在二月的末尾写着该以三月为开头的诗句

终止不了想伸手触碰你的急切心情
尚可以世界上的万物为介呼唤你
却不能再唤回你
那加上点猪油的葱油饼
那埋怨着小米粥烫嘴的嫌弃
每次隔着门和承重墙都能听见你冲着声控灯喊那响亮的一声“嘿”
还有举着拐棍当当敲门的音律

每当这常常落雨的国度万里无云
那句：“嘿 臭狗妙妙回来太阳升！”
总还在我耳边响起

却再也没有机会听到也没理由笑话
你那满带着胡茬的亲吻
和拉着我的手不放的攥紧

生活中的好多事情
包括生命
总是突然一刻就迎来寂静
若是我抬起头找一找
不知道是秋千晃的人眩晕
还是每一朵云都化着你的身影
偌大的天空都只能是背景
仿佛周遭一片空灵
耳边环荡着的声音却都不能再重启

“臭了狗了一了个的妙妙
可别哭哦
你要永远正直，幽默，坚强，努力
有空也要写写毛笔字
多多锻炼好好吃饭不要老生病
虽然我总气你姥姥但你可得听她的话
她可真是太爱你了
还有最重要的
你要记得照顾好我最疼爱的闺女
还要替我继续陪伴我的儿子我的孙女
虽然我的旅途到站了

但你要继续替我走下去啊
我会永远在你看不到的地方继续爱你”

我们从不用拘泥于那些辈分和客套
你和所有认识的人都说我们是朋友
是忘年交的哥们儿关系
你会对我打趣着说这个小男生不错哦
我也总指指姥姥说“看你们家小老婆儿多美”。

我们为生活中的是非辩驳着
为那些只出现在辩论赛里的题目争论着
我们偶尔为两个人产生了相似的是非观鼓掌欢呼
也偶尔为一件小事的对错争执不休
你总和姥姥吹嘘着我的辩证思维有你的很大功劳
我也总和姥姥打着你总是大早上掀我被子的小报告

在去年那个被眼泪叫醒的梦里
你穿着那件最爱的红色棉夹克
又一次走进了草场街对面的小胡同里
我跟着你跑进去
你却把我锁在了门外

小房子里的单人床上
淡蓝色的格子被单干干净净
宣纸毛笔堆了满地

拾捌

我站在窗口巴望
问你为什么明明走了还会出现在这里
问你为什么都走到这了也不回家坐坐
你说
“我从来没有离开过啊，因为我也很想你”

可而今
你已少出现在我的梦里
不知再次以虚无的方式见面会是哪个年月
所以只好把这盘踞在心里的话装进信封
拖那似乎能在长夜梦里生出枝杈的想念寄给你

虽然世间无数种爱里唯有亲情的终点是分离
可若你想回家
热切的召唤便会是指路的向标
只要低头循着那无数双想念你的眼睛
一路上
目光也定如灯火般通明

2020 年 2 月 29 日

梅雨季

迎着大风
去买一本雪莱的诗集
在摇晃的公交车上翻着词句
暴风撕开了迷雾
急雨骤停
彩虹悬在站台两端
阳光洒在玻璃窗上
雨珠如坠落人间的星星

2020 年 2 月 17 日

枕边的雨

时不时的瓢泼大雨
忽而天又出太阳
云层间的虹光
搭在樱桃花上
雨滴撞在窗栏旁
玻璃被影化成拼接的形状
午后三四点
远远望去天边快迎来昏黄

橙粉色的云作窗挂
海鸥盘旋又低语
梨子派的甜腻
夜来香的馥郁
突如其来的大雨骤停
伞下溢出的欢喜
夜长了
牵扯出更多灵感里的秘密

月亮斑驳在光影里
琴声轻柔又有力
疾风骤雨呼号
山林空涧回音
那一个个诗人都沉默不语
心底的故事汹涌澎湃
回过神
蛋花汤早热气氤氲

出神走完这一场奇遇
星星挥手眨了眨眼睛
茉莉张开怀抱
玻璃杯里装满香气
闪光灯记下风的形状
窗外雨停
明日又雨

2019 年 3 月 17 日

Brood

Writing flows from an ocean of ideas
On the surging of inner feelings
The love in our hearts, the ideals of our lives
The peaceful way we live in the world.

Words are folds of emotion
Hidden in the pleated silences
Of light brown double-breasted coats
On walks along golden pine needled paths.

Visions appear in eyes bright like water
In the silver moon light of open minds
In the warm embrace and glory of God
Enlightening us with spiritual power.

28/2/2020

不过夏日好

在午后的阳台洗着砧板
桃 杏子 樱桃和草莓
日子愉快且漫长
每个夏日时分都发着光和声响

我们碰杯
时而发觉自己流泪又大笑
杯中物是跃动在心头上的滋味和情绪
是独属自己的琐碎和浪漫

绿皮车路过乡下田间
油菜花地和返青的麦田
眼前的风景里没有湖和风
自然没有湾流与波澜

你把玫瑰插在身后的腰襻间
捧着雪莱的集子蜷在草地上
风里贯着芍药的香气
你可以花费整个午后的时间在那些美好却无用的事上

拾捌

黄昏落在科姆堡大道的头顶
日与月商榷各留在阴阳两端
他们借着人类做梦的空当交谈
打算把热烈而柔软的灵魂还付给躯体

迷迭香和豆蔻的气味伴着渐长的暑气蒸腾
满山的树影不如你眉眼
夏日走过山间
米白的亚麻罩衫下是一整个春天

紫红色的云推搡在一起
昏昏欲睡的街道上是熙攘动物们的狂欢
举杯取酒酿晚风
昏黄落日和长发照面

爱意东升西落随日头
夏夜里星河倒悬
四季更迭不过夏日好
坚守的岛屿从不溺于深海

2020年12月8日

醉在人间数日子

挂断几百分钟电话后的早安
耳机线里听着彼此呼吸声的辗转难眠
人群里十指紧扣到微微出汗的手
路灯 晚风 黄昏 帮忙记下来的吻和爱恋

大马路上自顾自地肆意畅谈和大笑
心里攒着些想说的话和一些不在一起时发生的小事情
想燃烧一整个风也和煦 光也温柔的下午
迫不及待地讲给你听

披着月光数星星
拉着手去看这个城市夜晚的烟火气
我望向月亮
却只看见你

把某个安静的午后放在耳机里
脑子里翻转着奔向你的场景
把想念藏在风里 云里 朝暮里
想去看傍晚的电影

拾捌

看橙红色的日落余晖
吹夜晚的凉风再躲进你的怀里

若说追赶不期而遇的温暖
是给自己的一场浪漫
那这个秋天所有被想起的快乐里
都写着你
就像在秋叶交杂间瞥见清晨的光
顺着枝叶掉进我口袋里一颗糖

在九月伊始的暮色里提笔
滞涩地写下词不达意
连同这滚烫而又柔软的心事
与落款的思念一并寄给你

秋天真好
好在我们在一起
在所有夜晚甜蜜的小心思里
我最想抱着你

2020 年 9 月 12 日

顿　笔

突然感到自己并不所属于哪里
更不知那吞吞吐吐的一行诗
确为何意
慌神
海的白浪与纹理
扯断了月的影

孤独的夜浸在巨大的虚空里
周身都被冷气和凉意卷席
独自扶栏而立
内心却有温热涌起
那些柔软的心事
化作烟墨滴落在纸笺的涟漪

冬雀夏蝉
秋枝春雨
每一轮四季都在替我低语
在披满月色的夜里
目光灼灼地望向你

便足以代替所有意犹未满的字句

每一页诗行都流淌在生命里
笔尖下生发出玫瑰般的俏丽
虽颜色各异
却都想写给你

2020 年 7 月 4 日

白日梦我

我来人间捡诗意
口袋只剩玫瑰一瓣
山高水远道阻且长
浪漫干瘪却亮堂

爱极了姜黄色的暖
犹如炎夏傍晚的昏黄
也如秋夜里残月的光
下笔生星河
诗句柔软且透亮

2020 年 8 月 28 日

Amoureuse

Behind ancient village walls at home
Under the mottled shade of the moon
The grass glistens in the morning dew.
Flocks of sheep and herds of cows
I want to write poems with you

I want to go to the land of the ice and snow
Watching the penguins waddle
Seeing reflections in the colour of the sky
Looking at the polar light and the Milky Way
I want to be icebound with you

I want to go to the peaceful Pacific Ocean
The outstretched ocean, the golden sun, the azure sky,
Watch dolphins leap out of the water
A ship, the seagulls and a conch
I want to sunbathe with you
I want to go to a café by the Seine
To walk along the Champs-Elysees

In the sunshine of the City of Love
The soft breeze fanning your cheek is my breath
I want to be there for you

You're everywhere I want to go
You understand me so well
We lock eyes and smile at one another
The tacit understanding swirls in the air
I want to do everything with you

I want to grow old together with you
See the years in our faces depicting traces
See the memories written in the wrinkles
I want to journey with you through this life
And dream of our life beyond

10/2/2019

拾捌

像春天的熊一样

到了春字打头的第一天
春光乍泄不了
城市的夜空总有月亮
想你的时候
便把河面的冰敲碎
让月色映在水波上
如同把你印在夜晚的念想里一样

世上能称美好的东西很多
比如河对岸亮起的灯火
走廊外卷着落叶吹过的风
立春傍晚探出了头的星
和追赶朝暮走来的你

你来了
风便不冷了
想抱你在怀里
往你的耳朵里塞些温柔的蠢话

路灯昏黄
鼻头通红
我们拉着手去买棉花糖
软糯而甜的不是葡萄糖浆掺明胶和水
是看见你时想把你望穿的目光
一头扎进去的怀抱
路过街角时攥紧的手
和你上扬的嘴角

把夜还给烟火
春光还给山河
而你归我

2021 年 2 月 4 日

文

所有人可见

想说的话

也许我想谈谈关于青年的话题，说说有关青春的话。但这并不是想讲什么青年的成长论，用什么精神洗脑法。

只是想说，我们这群人都该要做那种“从未长大也从未停止成长的人”。

人说：佛性·童心。既要有佛道中的洒脱开悟，明达，澄澈，也要有孩子般的好奇心，并充满对美好事物的新鲜感。不把什么都看得世故，不把困苦看得沉重。

“愿你永远如同孩子一般”是句充满着理想化，无限美好化的句子。我喜欢这句话，喜欢这人无论什么年岁都要有孩子般的纯真，即便看透生活也要依旧敢于热爱生活。活得真，不虚假，不伪饰，待人真诚，因这世上唯一“诚”字可终生受用不尽；如孩子般执着，不怯懦未知，不依赖幻想。爱该爱的人与事，敢期盼也敢追逐；如孩子般简单美好，这并不是让人当个傻白甜，而是对于很多不必要的人和事只需要付之一笑就好。一生向爱，声色温暖。

这极为重要。

苏珊·桑塔格说：“真正爱某种东西就是要希望死于这种东西，或者只活于其中，这是同一回事。”大概是吧，热爱既是发源于心底的情感，也是其外化后再回馈给内心深刻的力量。这种力量很强大，它足以改变你也足以支撑你。就好比是因为玩游戏摔得脚受伤也要去上舞蹈课一样，就好比一个小姑娘在大清早睁开眼第一件事就是不刷牙不洗脸爬上琴凳弹琴一样，这种单纯的热爱让你入境，让心入定，给人除杂。就好比喜欢书，喜欢写，便就自然而然地喜欢与自己说话，向自己寄托情感。学会与自己交谈，和平愉快的相处。其目的并不是为了忍受孤独，而是要给自己时间了解自己，正视自己，理解自己。自省、自剖、也自愈。并不是要如太宰治一样有极度的灵魂洁癖，只是心要干净，头脑更要清醒。就像我很喜欢的一位英国作家伊恩·麦克尤恩说的那样：“清醒是一种细小而有耐性的英雄主义。”可以对自己以及外围事物有客观、清晰、准确的认知，不被外物所惑是很重要的事。

赛珍珠在写给林语堂《吾国与吾民》的序里说道：“不过我们西方人倘要等待这些新兴文艺的作家技巧成熟而能清晰正确的说明中国，怕需要常常等待一下子——怕不是我们这一世所能等待的了。可喜尚有少数作家例外，他们的精神伟大足以保持其纯洁而不致迷茫于时代的纷扰中。利用历代积累的学识、幽默足以观察人生的本来面目；精神足以了解自己的文化，更能了解别人的文化；智慧足以选择他们原来固有的而为纯粹真实的事物……”

便希望我也能努力如此。

“尽量包容，不放大眼前的瑕疵，不做空泛的学问家。不阴沉，不忘记告诉自己要有好心情。不过度热情，不冷漠，不靠近似人非人的那些家伙，不随意丢掉任何一本书，记住动人的、动情的和动感的。”

坦白而无愧，敏慧而明达，愉快且平和。

向上生长

人该懂得回顾和自视。该常以外部视角对自己的言行与思维方式进行考量，却不必喧哗聒噪。因为努力与成长是自己的事，与外界的其他无关。

趁着早春三月踏湿润泥土而来，体会特定季节里阳光的特定温度，面见城市的苏醒和安睡，走过未名湖和博雅塔，触摸园子的柳叶芽苞，凝视蔡先生的碑。

纳兰词曰：当时只道是寻常。置身当下，我常以未来视角回望，此时一群少年与模拟联合国（简称模联）的相聚却不为寻常。我们常说“追求美好生活”，真正美好的生活要有尊严、有诗意。而在模联人心中，模联这两个字就像是通达美好生活的桥索，它像一面镜子反照社会，映射人心。我们在这里体会生命于个人意义上的盛大，也感受自身于世界意义上的渺小。一次模联活动最重要的并不是西装革履的光鲜，而是一个独立的个体站在国家立场上思考世界问题，是一个少年因精神上的成熟进而成长为青年人的蜕变。模拟联合国，也许不仅仅只局限于模拟，更大程度上它是在为我们有朝一日可以真正站在联合国的舞台上奠定基础，为提高我们国家的话语权，为维护世界特别是发展中地区人民权益而发声。所以我们每一个个体、每一个模联人所组成的团体都必须带着使命感、责任感、方向感负重前行。让模联在传承中进步，在进步中创新，在创新中发展。

这是又一年的燕园，是又一次赴热爱的约。时隔四年，再一次坐在主新闻中心的会场里，媒体记者的身份让我觉得既陌生又亲切。与文字常为伴的几个日子给我莫大的安全感与幸福感。文字是神圣的、崇高的。它会自带锐利的武器和玄妙的意义。我将写字视为自己生存的必需，也将存活的意义安放在与文字的相处间。

于旁观者的眼光看待自己，我真实收获到的或许远大于我所设想的。身为MPC（主新闻中心）的媒体记者，我们必须充分履行媒体作为“监督者”和“传播者”的责任，对待问题要客观理性，会议报道要切实合理，为营造一种更为贴近国际社会现实的舆论氛围而努力。这是我们肩上的担子，也同样是我们所追求的远方。

记者本来诚挚。我同样衷信坦诚与真实。它让我以独特的角度和眼光解读会场内每一时刻所关注事件的本质内涵。在横向多线思维间比量和选择，在纵向单思维中逐步深入、层层递进。透过现象深入本质，不空泛，不虚无。这一年的北大模联，在与犀利和客观同行的日子中，在作为媒体记者深入参与妇女地位委员会的七个会期中，思维时刻保持与各位国家代表同进退，共合作，是我的期望也是我的行动。写下的一万多个文字，是给予也是承诺。

给事实以真正的传导。承诺自己该真诚过活。

作为旁观者，便处于记者身份以理性、清晰的眼光审视会场的所有。同时反思自己的从前，进而得以真正的收获。作为局外人，便处于某种特定环境之外环视身边，周遭所萦绕的氛围中仿佛带着传承与信仰的标签。一个人的高度在于思想的深度。思维的广度和深度决定了一个人对待世界的态度，是否积极、是否独特、是否谦和、是否坚定。或许，模联就是这样的一个东西：它定不是生活的全部，却在照亮着生命的暗处，带给你希望与梦想；它点亮每个模联人心里的火把，给我们余地去发现这个世界的许许多多问题与不尽如人意，并给人勇气去深入了解这些不为人知的“暗地”，并努力探寻解决问题的路径和可能。为和平或爱，也为人性的本真。

更因为——人类命运是个共同体，无论大洋彼岸还是海湾地区、无论东北亚还是欧盟，世界上正在发生着的一切都与我们每一个个体息息相关。同样作为一个时代中流砥柱的青年，我们当下所关注的一切也同样会昭示国家乃至世界的未来。所以也希望我们这一辈都可以不气馁，有召唤、肯担当，就如同鲁迅先生在《随感录四十一》中说：“愿中国青年都摆脱冷气，只是向上走，不必听自暴自弃者流的话。能做事的做事，能发声的发声。有一分热，发一分光，就令萤火一般；也可以在黑暗里发一点光，不必等候炬火。”

人不可独活，更不可苟活。尤其青年。

也许会因此而突然爱上媒体工作，因为媒体的目的——是人。媒体使人清醒，使人开明。而主新闻中心也让我深刻体会普利策的那句“罪恶、卑鄙和腐败最害怕的就是报纸，因为任何法律、伦理和规章制度都无法与报纸相比”的真实意义和其所表达的目的。

行走在三月的燕园，忧虑着世上正发生着的动荡不安与在枪林弹雨中饱受痛苦的百姓。从保护儿童在线权利和隐私到对儿童的关怀与教育；从妇女问题到人类发展；从思考如何防止恐怖分子获取毁灭性武器到如何面对恐怖主义这个世界性的难题；从对叙利亚人民的同情叹息到对世界人权的审议；我们一起畅游历史时空，关注现实问题；放眼各国选择，思考人类命运；置身世界环境，忧思全球未来。我们祈愿世界上所有的妇女能够得到保护与尊重，性别歧视、家庭暴力、性骚扰等卑劣行径能永远远离女性。和平、敬意、关怀能如阳光般温暖每一个世人。

这是愿望更是志向，是我们的压力与担当。

记得李大钊先生曾言：“为世界进文明，为人类造幸福，以青年之我，创建青春之家庭，青春之国家，青春之民族，青春之人类，青春之地球，青春之宇宙，资以乐其无涯之生。”

作为当代青年，我们有责任担负起构建人类命运共同体的重任，由理念到行动，为世界协同万邦的和平发展，为世界和而不同的文明共生，为人类同舟共济的安全关照，为人与自然共生共存的和谐发展，为全人类的美好未来贡献我们的青春、智慧和力量。

市　井

早记不得是哪天突发奇想，突发一种想法，要以最直观的感受直白写下一些人给其他人带来的冲击力。冲击力分好分坏，这种冲击力不好不坏。因为俗不可耐或是教条加身以至于有了冲击力，这种冲击力给人带来无奈和思考。毕竟对我这个年龄，一些感受新鲜又懵懂，熟悉又陌生。

《夜谭随录·尤大鼻》曾记："韶谢曰：'惠然肯留，深惬素望，第蹔少子不学，出言市井，谈锋不敌，徒聒听闻。'"和邦额所写下的这段文字，便是对粗俗鄙陋的市井气做出了非常确实的说明。

市井，表象是纷纷乱乱，实乃人心的纷纷乱乱：有人们对"孝"的攀比，有对书店与书的"不敬感"，对自己的"粉饰感"，将自己未来与他人进行模仿的"不负责任感"，还有一些说话并不经大脑过滤而倚老卖老给人的"无奈感"，另，也有一些人与人在莫名人情世故交互中的"复杂感"。

也许我不清楚这样的想法和感受是否确切和恰当，又是否当予这些人以完整的敬重，但这些一定是直白到给十六七岁的我以冲击力的感受。虽然每个生命都值得被尊敬，但并不代表他人有义务去爱你；虽然没有完人，但并不代表不该完善自己的观念和认知；虽然我们可以尊重每个人的不同观点，但也应该尊重常识性、普适性的原则：例如选择适合自己并且感兴趣的专业来学习而不只模仿他人的脚步；例如学会对书籍和作者负责且给予尊重等等。

市井多样，人性各不同。因思维不同，思想多少有进出，因而并不可强求什么，只随意发些感慨，引发个体思考并将这思考记录下来以便备忘便足矣。

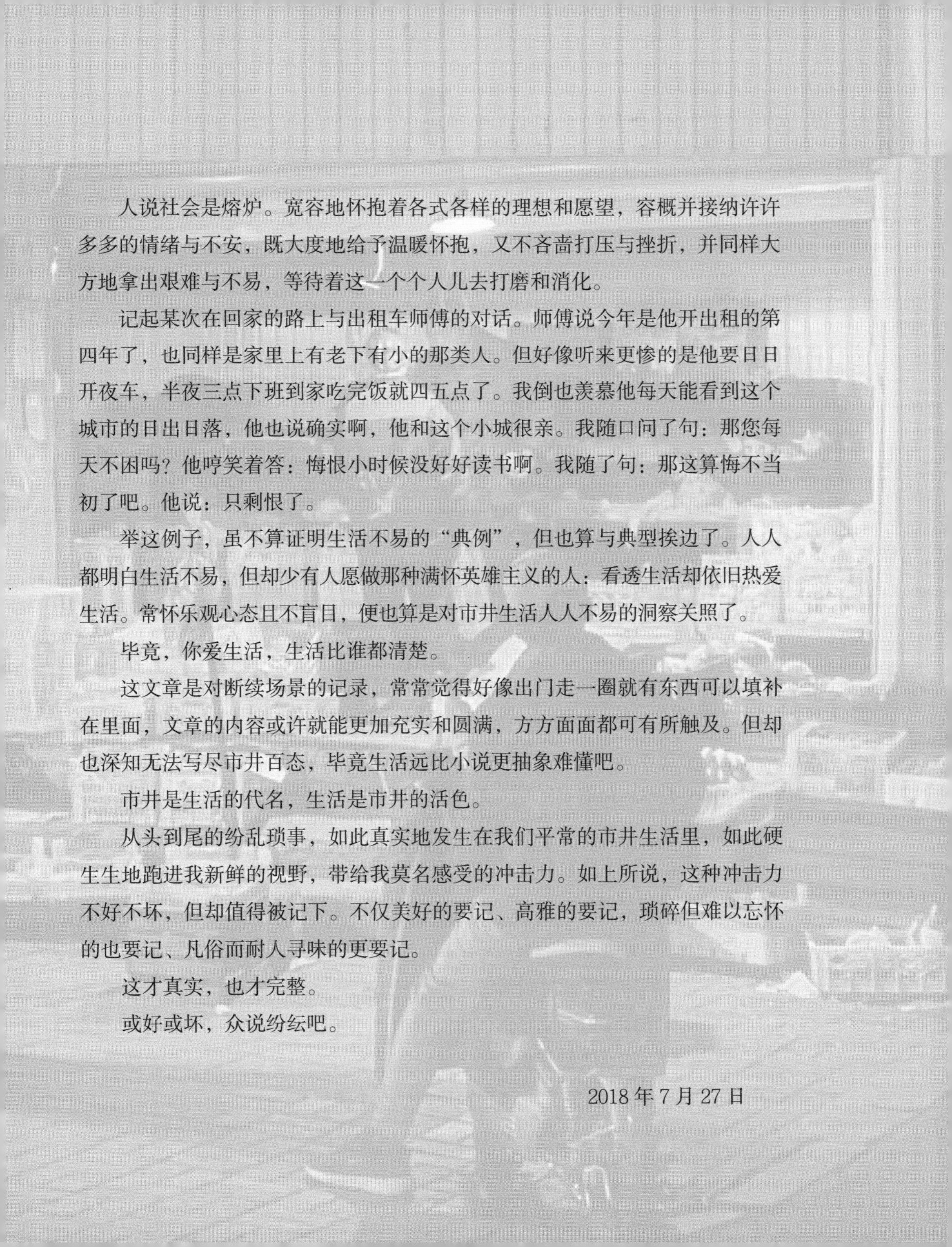

人说社会是熔炉。宽容地怀抱着各式各样的理想和愿望，容概并接纳许许多多的情绪与不安，既大度地给予温暖怀抱，又不吝啬打压与挫折，并同样大方地拿出艰难与不易，等待着这一个个人儿去打磨和消化。

记起某次在回家的路上与出租车师傅的对话。师傅说今年是他开出租的第四年了，也同样是家里上有老下有小的那类人。但好像听来更惨的是他要日日开夜车，半夜三点下班到家吃完饭就四五点了。我倒也羡慕他每天能看到这个城市的日出日落，他也说确实啊，他和这个小城很亲。我随口问了句：那您每天不困吗？他哼笑着答：悔恨小时候没好好读书啊。我随了句：那这算悔不当初了吧。他说：只剩恨了。

举这例子，虽不算证明生活不易的“典例”，但也算与典型挨边了。人人都明白生活不易，但却少有人愿做那种满怀英雄主义的人：看透生活却依旧热爱生活。常怀乐观心态且不盲目，便也算是对市井生活人人不易的洞察关照了。

毕竟，你爱生活，生活比谁都清楚。

这文章是对断续场景的记录，常常觉得好像出门走一圈就有东西可以填补在里面，文章的内容或许就能更加充实和圆满，方方面面都可有所触及。但却也深知无法写尽市井百态，毕竟生活远比小说更抽象难懂吧。

市井是生活的代名，生活是市井的活色。

从头到尾的纷乱琐事，如此真实地发生在我们平常的市井生活里，如此硬生生地跑进我新鲜的视野，带给我莫名感受的冲击力。如上所说，这种冲击力不好不坏，但却值得被记下。不仅美好的要记、高雅的要记，琐碎但难以忘怀的也要记、凡俗而耐人寻味的更要记。

这才真实，也才完整。

或好或坏，众说纷纭吧。

2018 年 7 月 27 日

拾捌

金　婚

浓郁的人间烟火味儿将平凡且安静生活中的空气分子变得生龙活虎、栩栩如生起来——是我以旁观视角体会你们的日子的最大感受。

也许那早已不是爱情。

从找个伴侣相互依靠到凑合着搭对过日子，慢慢地来回来去的辗转缠绵早已成了长久的相濡以沫。而时光也就这样在回忆的记事簿上刻下了你们的每一个点滴。那些在我眼里瞧过的日子，在我眼前瞬息万变的每一点，都和着柴米油盐的生活琐味，却不俗气，起码不世俗——是简简单单、朴朴素素的生活，是好好地将时间过成了日子，将冰冷的空房子生出了烟火气。

写了好多文章，最喜欢的一个题目就是“青草兰花边的老人”了吧，简简单单、平平淡淡的几个字便可以将你们联系到一起，你们的生活和爱意如此——不轰轰烈烈却细水长流，充满着长久和动人心弦的力量。

你们吵闹，为了小事，小情绪，小细节。你们认认真真地纠结着感受，纠结着往事。不必陈芝麻烂谷子一并抛弃，以此挑起的生活情趣便也是有了另一番情味。就像多多写的诗一样:“能够有大口喝烧酒的日子。能够壮烈、酩酊。能够在中午，在钟表滴答的窗幔后面想一些琐碎的心事。能够认真地久久地难为情。”而你们的争吵和计较又何尝不是对生活和情绪的认真呢?

你们爱看诗词大会，守在电视机旁说出一句句题目的答案，准确无误时便互相呼应，词不达意时便互相切磋。总说生活有毒，但报以一颗诗心，便把生活的时时刻刻书写成了诗行，活得诗情画意而不做作。

从小就喜欢木心的诗，喜欢他那段《从前慢》里写的："从前的日色变得慢。车，马，邮件都慢。一生只够爱一个人。从前的锁也好看。钥匙精美有样子。你锁了，人家就懂了。"提起旧时光，便总将老时候的缝纫机、绿台灯、搪瓷盆和你们紧紧相连，仿佛你们的爱也裹挟着时代的印记，夹杂着世事背景的冲击与影响。我虽常常与别人提到姥姥姥爷，仔细想来却不曾真正了解他们曾经故事的撕裂与折磨，并不理解他们的揪心与压抑，更无法想象和体会他们的艰难与痛苦。但可庆幸的是，凭借着内心的强大与对生命的虔诚信仰，他们彼此搀扶着走过了尘世漫漫。

一年年的重复，姥姥护士般的熟练技能把姥爷照顾得精神矍铄，深夜里、台灯下，靠着门框静静地看着姥姥给姥爷换导尿管，便会在脑海中翻飞无数的场景，仿佛眼前历数的一切画面都是他们一起度过的年年岁岁。而姥姥就这样重复着一系列相同的动作，日复一日，年复一年。家里宁静无声的气氛虽然会让我有点不适应，但每当这个时候便会听到墙的那面传来的大笑，或是因一碗粥的凉热而引起的争吵与略带甜蜜的埋怨。

就是这样吧，时光往复，爱你如初。

她爱他文艺青年的才气过人，知识渊博；他爱她性格的温暖良善，和气质里的灵动聪颖，便因此而无悔地选择，坚守地付出。就是因为初相识，就是因为初相知，那一眼便带过了五十年的云烟。有故事里上谷的金秋黄叶，两个柜子一个铺盖卷儿。有记忆中的十年浩劫，她挺着大肚子步履蹒跚的看望和陪伴。有似如电视剧的故事情节，有起伏波折的时代经历，有让晚一辈人难以置信，却倍受感动的力量。

夕阳里，阳台上，温暖的光穿透玻璃打在脸上，姥爷俯身在案边写着《心经》，姥姥在厨房里忙碌着准备饭菜，墨香和饭香交杂，一笔一画，一字一句，给了我——家。

从小和你们一起长大，我常说十二年足以改变太多东西，可没变的是我依旧爱你们，你们也依旧爱我。十二年，说长不长说短不短，充斥着满满回忆和故事的十二年。虽无法概括或赘述这十二年我们生活中发生的那些点滴琐事，但我们心里都明明白白清清楚楚地知道无论多少年，我都有足够的时间和耐心对你们给予陪伴，就像你们当年不放手地照顾我一样。

都说五十年是金婚的节点，金婚好像就意味着你们相伴着一起走过的路、经历过的故事如同黄金般，在经历时光的反复敲打锤炼后，百炼成金，历久弥坚。可无论再过多久，你们的爱依旧在光里，明亮且新鲜着。

我们在闹市区里
坐对面
写信

你写你的
我写我的

却不知
我是写给你
你是写给我

这是我替你们写给彼此的情诗。而你们，就活脱脱地把日子过成了情诗。虽然我很少说出我爱你但我做的每件事都在这么说，你们也不说你们爱我但做的每件事都代表了爱。

如此般平平淡淡的爱你们便足够了，也愿你们永远属于我，而不属于时光。

2017 年 11 月 12 日

你到来的那天下着雨

——写给我的妹妹

纱帘透着月光，你躺在我肩上，拉着你的小手，十指相扣。

还是记忆里的模样，还是当年的那个睡在婴儿床上的小孩儿，如今却已变了样。长发散在枕边，高高的个子已经足够让我不用低头就被你拥抱。

我们互相扎着头发，手掌穿梭于发丝间，丝丝缕缕都被萦绕在指上。

互相关照，彼此珍惜。不仅是因为碗里有你夹给我的鱼，我剥给你的虾，还有生活中的分秒时刻里你给我的爱和我予你的关怀。

仿佛一见面，就有说不完的话，聊不完的天。即使年岁相差，也能彼此心灵相通。互相明白的思维在空气中碰撞、交融，生发出了的，是你对我的理解和我给你的安慰。太多太多的情绪都不用对你表达，因为和你一起的每个时候，都洋溢着欣喜、可爱和美好的火花。你经历着的，我都经历过；我经历着的，你也即将迎来。奇妙的血缘关系和神奇的基因组合，让我们彼此如此相像，如此胜似同胞而出。

总有的感觉是，两个心房之间你就存在于此处，默默地将你安放在最保险的地方，小心地，悄悄地，一点点地，给予爱，陪伴着你长大，凝视你的改变。所有无声无息的目光和平淡的言语里都流露着软软绵绵的可爱感觉。

仿佛一见到你，世界就亮了。

这样的描述丝毫不夸张也不虚假，是真实的深切体会，是如此平淡生活着便可以感觉得到的。

拾捌

枕边的你已经熟睡了。细细的胳膊和小手搭在姐姐的腰上，距离近到可以感受到你的呼吸，听见你睫毛微微颤动的声音。

时光让我拥有你，便再不能将我们分开。

而你将永远是姐姐的挚爱。

姐姐永远爱你，永远值得被你信任。让你可以永远安心也放心。

闻见那茉莉深夜绽放的清香，听着知了在窗外的丝丝低鸣，和你一起入梦。

你出生的那天下着小雨，整个人也如雨般温润。

此后的数年余生里，我会永远在你身后。你可以随时将烦恼、问题、情绪，肆意抛弃。姐姐会接住你的所有小情绪和小心思，再替你悄悄安放好，给你坚实的支持和温暖的怀抱。陪伴你，保护你，爱着你。

从现在，到永远以后的未来。

2017 年 8 月 4 日

百　日

姥爷，不知不觉那个我臆想中的自己早已与您在乱世之外一起漫步了一百天了。

幻想中，我们一起走过了三月末的繁花初开，四月的万物生长，五月的雨来溪满，六月的荷放。我陪您一起度过了许多游山玩水、穿山跨海的好时光。

庆幸那个臆想中的我自己终于可以陪你躲避乱世里的俗杂事物与人，在那个从不流行离开的地方告别了“告别”这个词。

姥爷，我经常会抬头和您说说话，开开玩笑，秉承我们一贯的状态：无拘无束，自自在在等一系列洒脱的词语都是我们在一起时的样子。

和你一起是真的自在。

怀念家里有你时的墨香和木屑味，想你的葱油饼和肉皮，还有你最后的那段日子里和我说的唐人写经、焚香沐手，当然还有我们一起看球时候的骂骂咧咧。

姥爷，你一定是很好的吧。

拾捌

相信是一定的，这样的人的灵魂会在宇宙的星尘里遨游探索，更加自由无束，现实的现世永远无法与你匹配，因为你是我眼中的明亮星河，是我暗夜里的长明灯火。

很多人早已谙熟的相信着很多风俗与传统礼节。他们说你什么时候该做什么了，什么时候该到哪里了。而幼稚终归是幼稚，固执也还是有些固执。而有人会一直觉得：她伸手就碰得到你，抬头就会看见你。

你比她身体里的另一个自己在她的身体里扎得更深，更沉实。

思念还依旧很绵长。

你是我余生的力量。

2018 年 7 月 2 日

写在六一的信

亲爱的同学们：

你们好！我是你们的大姐姐缪妙。

提起我的名字大家会不会联想到一种动物？

对！就是小猫

姐姐很开心可以在六一儿童节即将来临这样开心的时候和你们见面，和你们一起分享我的故事和我在成长过程中的一点感悟。

今天我想和同学们谈三个话题：

第一个是养成好习惯。

首先我想问大家一个问题，你们现在有没有一些自己想要做的事或者想要成为的人呢？

有自己的小目标和小梦想就已经很棒了！有梦想是一件很值得开心的事情，这证明着你对未来抱有期待，对自己有信心。你们中的很多人可能会想当科学家，想当宇航员，想当舞蹈家、钢琴家、画家，也会有人想做老师、警察、医生，等等。但最重要的问题是在我们这个阶段实现梦想的途径是什么呢？我想大概是培养好习惯吧。要将优秀变成一种习惯，不仅要有良好的生活习惯和学习习惯，更要有好的思考习惯和阅读习惯。首先，一个人要常常保持着对生活、对世界的思考，这个人的思维就会多元，脑子就会灵活，也会更加热爱生活，对生活中的方方面面产生兴趣，对世界抱有好奇心。而一直葆有好奇心，时刻充满对世界的探索精神恰恰是对人的一生都很可贵的生活态度。其次，良好的阅读习惯也是对一个人至关重要的，阅读就像是对庸俗生活的救赎，让我们得以暂时跳脱琐碎的眼前之事，对永恒之物进行片刻凝望。学会阅读才能更加深刻的思考，读一本好书就像是在和一位智者交朋友，你会在不经意间发现自己收获了很多不仅仅只局限于知识层面的东西，还有如何做人，如何成为一个完整的人，而我这里所说的完整可不仅只是肢体的完整，更重要的是思想的完整。良好的阅读习惯还包括懂得记录，做摘抄、写随笔就是很好的方法，记下你读书时候碰到的好词好句，和你读书时的感触。想着记录、经常记录，这件事就会慢慢变成你的习惯和生活中必不可少的事情。（你们知道吗，据说无论做什么事情只要坚持 21 天这个事就会成为你的习惯。）

第二个我想和同学们谈的话题是：学会爱

我们一生中最最离不开的就是爱。爱分很多，人的一生中总会经历亲情，友情，也会有师生情和爱情。姐姐的书里有很多写给家人、朋友、老师的信和诗歌，字里行间都表达了我对他们那些或大或小的爱，记录了我和我的家人们温暖的记忆。而这么多的情感发生在这个世界上，更是这个世界在提醒和告诉着我们要做一个懂得爱的人。学会爱同学和朋友，他们是你人生道路上最精彩的风景，要珍惜你的每一个朋友且对他们报以感谢；学会爱老师，老师是学海中指路的灯塔，是攀登中相搀的大手，也是成长中最坚定的守护。韩愈在《师说》中说道：师者，所以传道授业解惑也。而老师的爱有时甚至超过父母对孩子那般尽心尽力，不求回报，只希望你们可以成长得更好，他们就心满意足；更要学会爱家人，慢慢长大你会发现亲情大概是这一生最能让你潸然泪下的东西。要懂得珍惜并感恩能与他们在一起的时光，不要等失去的时候才明白后悔和来不及。记得要对家人们表达爱意，懂得感恩与回报。也愿你们懂得爱和被爱，永远相信爱也学会如何爱，能一生向爱，声色温暖。

第三个我想说的就是：要坚守好的品质。

人美好的品质有太多太多。比如：善良、诚信、宽容、坚强、拼搏、勤奋，请你们一定一定要坚信这些老掉牙，但却值得你受用终生的词语。

做一个好人，有美好品质的人一定会被这个世界善待。

而在我今天演讲的最后，我还是依旧要强调那个已经被你们的爸爸妈妈强调过无数次的学习。腹有诗书气自华，学习可以让你充实使你强大，它能给你时刻可以托住自己的底气和与心气相匹配的能力。在龙应台写给她的孩子的信里的一段话我今天也想送给你们：“孩子，我要求你读书用功，不是因为我要你跟别人比成绩，而是因为，我希望你将来会拥有选择的权利。选择有意义、有时间的工作，而不是被迫谋生。当你的工作在你心中有意义，你就有成就感。当你的工作给你时间，不剥夺你的生活，你就有尊严。成就感和尊严，带给你快乐。”

这也许就是教育和学习的意义。

很开心又可以像小时候做国旗下演讲一样和你们站在这里说说话，感受初夏时节的炙热阳光和温暖的风，回忆当年我们小时候的美好和快乐。小学的时光值得被铭记和珍藏，它大概会成为你一生都难以忘怀的美好时刻。很感慨光阴流转、时代发展，每一个现在站在这里的你们和我们都将是祖国未来的力量。愿你们从现在起就能有家国天下的情怀，为了自己、为了家庭，更为了社会，国家乃至全人类而奋斗。

最后希望你们都会有美好的未来。

未来很值得被你们期待，你们也值得被未来期待。

祝同学们六一儿童节快乐！

谢谢大家！

2018 年 5 月 31 日

拾捌

九月夜桂香

恍然被一股莫名的感觉冲醒，陡然觉得今天是什么不同以往的日子。

一个日子的意义好像在于它既与平日毫无二致，却又会因为某个人或某件事而变得截然不同。

抬头望向这房间窗外只呈方寸的天，才会觉得这里似家又非家，真正应了身有所处但心有所属的感觉。老人们都说有母亲的地方才有家——孩子们在母亲的怀抱里寻觅着安全感和幸福感，找寻到休憩身体和心灵的庇护港。我也常想如此般躲进你的怀抱，以此来寻求片刻的真正踏实。但时光终究不能倒流，我也不可能永远是初来乍到这个世界的小小婴儿。常想如果某些时候爸爸妈妈能在我身边该有多好，但是想想爸爸妈妈以后会有那种“要是我女儿在多好”的想法，我就会很有力量的“求助于自己”，只有当我可以真正依靠自己的时候才放心让你们来依靠我。

提笔又顿。因时常想措合适的词写给你，托这每一个轻小的文字把我很沉的爱传递到遥远的你的身边，把思念的快乐融进你低落的泪里和简单的笑里。这或是文字的另一种力量，也是思念的另一种绵长。

很庆幸，我们都在这纷杂的世界里充满爱意并磊落地活着。对生活清醒——既能清醒地认清现实，又清醒地记得生活层次里的每一层值得让人回味的记忆点。赫恩曼尼说：“少年真正成人的那一刻，大概就是，对于你的家人，你会时不时惦记，想念，渴望从他们那里得到抚慰，害怕他们哪天离开人世——他们成为你梦境的常客，内心最柔软的部分；你却无比清楚：纵然爱他

们，却再无法同他们心无芥蒂地谈论，或长久地生活在一起。”清醒想来的确如此，但也不很完全。我渴望你们可以从我这里得到抚慰，并可以与我分享你们内心的“芥蒂”。

我们仿佛缺失了一些一起在生活里度过平凡小事的经历，可这样却可以让人更珍惜地将那少之又少的片段反复回忆：还是想在夏天的夜晚与你走在家门口的大街，看鸭脖店的老板售罄闭店，看你和我炫耀你聪明地去小店买了双棉袜穿上以免被高跟鞋磨破了脚，我告诉你我喜欢那袜子暗暗的豆绿色。每一个夏夜都少不了柳条落几片叶，夜晚温热的风，冰镇的西瓜汁，少年们的白色短袖和牛仔裤，街边摊的热闹无比……可与你度过的每一个夏夜都比其他时候多了慵懒的惬意，因为搭配了一个你，才会在懒洋洋里多了幸福的甜蜜。

珍妮特·温特森说：“爱是鲜明的。我从不要苍白的那一种。爱是用尽全力。我从不要稀释的那一种。我从不躲避爱的巨大，但我浑然不知爱可以像太阳一般可靠。日常升起的爱。”就像那句我们常说的俗话：爱是软肋，也是铠甲。当我拥有你的爱时爱是我的软肋，但我要保护你时爱是我的铠甲。而我们相互拥有彼此的爱却不彼此占有，就既有软肋也有铠甲。

这多恰当，又多正好。

很快地，我也要到人生的一个重要节点了。很期待也很恐慌，我知道那十八岁节点一过意味着什么，我也知道它真正意义上带给我什么。我希望自己可以做到我希望自己做到的样子：“拥有从日常小事中获得幸福感的能力。不过度关心他人对自己的看法和评价，笃定去做的事可专注去做。找到一种信念或信仰，内心有充盈的能量，能从挫败、痛苦、悲伤、焦虑中迅速恢复。爱自己。”赫恩曼尼说这样的人容易幸福。我倒觉得这样的人学会了幸福的方法。

我希望未来十八岁的我如此，新一岁的你也如此。

当然你做得比我好。但我希望你更加开心和幸福。

想起昨晚一个同学和我说他的人生好像一直充斥着不快乐的因素，因为他在走他爸爸给他安排好的人生道路，但他并不喜欢。我回复他：没有人真正快乐，但总有人在学着快乐。或许是吧，没有人的生活总是顺风顺水称心如意地过着，世界上的任何一种生活都没有容易之说，但每个人都可以从这样困难重重和不容易的生活中找到能使自己变得快乐的理由和事情。

我们都有理想，谁还不是一个生活在现实生活中的理想主义者了。但脱离了现实的理想会变得虚无。所以真正的理想是认清现实并敢于追求。就像李松蔚写的那句：我们的安全感并不来自“糟糕的事永远不发生”——虽然我们也希望如此。更现实的安全感，是我们相信糟糕的事就算发生，我们也能应对。

的确如此。我们并不知道生活会在下一秒带给我们什么，但我们可以让自己拥有托得住自己的底气和把自己从深渊中拽出来的能力。

一给你写些什么便像写给我自己些什么，什么都想表达什么都想吐露。又有些多了，而我知道你不会厌烦。

定当如此。

一如九月夜桂香，我们挽手走在街上，香气萦绕，回味悠长。

我打开头顶指肚般大的小灯，一束细长的光投到被子上，我喜欢这被罩的苍绿色，也喜欢憩窝在被子里给你写一字一句的窝心感觉。

还不想停笔，但有遗憾才有下一次的“再来”。

前几天你在微信里发了一张风吹沙漠波痕的图片并配了一首你写的诗：

你的缥缈塑造我的形状
你的猛烈成就我的柔软
你的吹拂见证我的浪漫
你的无心留下我的波痕

在无水的干涸里
我也会融化

你是像风一样爱我呢
还是像水一样爱我
我不要回答

你我都远了
才有了岁月

我在评论下留言：

距离的不定铸刻思念的绵久
时间的不一塑造深爱的骨骼
云隙的暖光化作触摸的温度
青山的盘峦留下相爱的纹络

拾捌

在夏夜的小城里
故事也会显露

爱意不似风
也不似水
甚至不似岁月流年
等等如此的虚无

我只似我一样爱你
他也如他一般

岁月都远了
我们才算数
才有了你我

妈妈，新的一岁生日快乐。

不做任何企盼只愿你如同往常一般，在家的爱里放肆欢笑，往心里装进一个小女孩儿。你永远都是我和爸爸的小姑娘。

毋庸置疑——我当然，极为爱你。

2018 年

在这世界上我顶喜欢我姥爷

臆想，这该是本几十万字的长篇吧。毕竟我和他一起生活了十几年，还要在一起生活许多年呢。与他搞好关系是很重要的，一个屋檐下，抬头不见低头见的，须避免他总会在冬天的清晨，用冰凉的手挠你的脚心，那种感觉仿佛虫子在你心尖儿窜，胃里腾起比爆竹还大的烦躁怒火；避免他总会在你安静看书的时候用带满胡茬的嘴亲你的后脑勺，像松树的尖叶儿倒扎在你身上，你还无力挪走；还得避免他总伸手拍你肩膀，摸你脑袋，拉拉你的手，再外赠着损你两句，然后自己前仰后合，仿佛中了百万彩票般不亦乐乎。

如果，你说他有点神经。是的，他从不介意、从不生气，他不仅会大方承认还会说："你也好不到哪去。"

可是，就算是这样。

我依旧，如此着这样的感受——在这世界上我顶喜欢我姥爷。

拾捌

一

如果是在我五六七八九岁的时候，我绝说不出这样的话。

什么喜欢？烦都来不及。他总在接我放学回家的路上死死抓着我的手，就和卖鱼的抓泥鳅差不多，生怕我跑了一样。记得那个小区叫“开达”，楼是土灰色的，隔了一圈铁栅栏紧挨着民心河，家楼下有个胖阿姨日日卖馒头，五毛钱一个，干吃有点甜甜的。每拉着他手让他给我买馒头他爽口答应时我才喜欢他，觉得这个时候的姥爷真好。转眼他又死死抓着我的手不放时，我就又讨厌他，这个时候的姥爷真不好，然后立马跑上楼和姥姥告状，看姥姥嗔怪他时，觉得姥姥是天底下最好的人。

此后便整日重复着这样的连环动作，从不厌烦。

我五六七八九岁的时候，姥爷还时常出现在厨房，手脚还算利索。他爱吃猪油饼，也爱做，个把时日不吃便说关节没油都不滑溜了，我们笑话他虚惊。但这猪油饼并不腻，没有猪油的腥味儿，加着葱花和在面里，便还带着些清新、温暖的味道。

犹如那个时候的日子一样。

记得当时在开达小区租房住是为了我上学近，学前班与小学的一二年级都在这大院子里，不用走几步路就会到，可车来车往、人来人往，本是无奇的旧小区因为学校的存在而变得热闹了起来。当然，这或许就是为何姥爷总抓住我不放的原因了吧。

姥爷爱写书法，爱写诗，爱唱歌，爱拉二胡、小提琴，爱看拳击……

的确，他是多才且明慧的人。什么东西一学便通，无须多过分强调，自然极聪明。

屋里缠绕着墨香，电视机里放着拳击手们的激烈对战，他一人面对窗外阳光独自远望，沐浴在一片暖光之中，似身影模糊在明亮光圈里，整个人如此遥远却如此触手可及。白发好像在闪光儿呢。

转身他走到桌旁，翻出他的小蓝皮儿本，用蘸了红墨水的钢笔在绿细线的横格上写下几行小字，极隽秀，极干净。事毕，便招姥姥来欣赏，姥姥也是给面子，评了几句好话，便踏着姥爷的笑声回厨房忙碌。阳光打在他无名指的戒指上，很亮。

或许“00后”不大会唱老歌、红歌，或因已落了俗套，或早已接触不到，但若守在他身边，势必那几句老唱调会在夜晚时的脑海中翻覆，总有那么几个旋律在耳边挥之不去。

他说话中气足，有底气，声音浑厚、响亮、有磁性，是姥姥耳中的“特别好听”。

但我最喜欢的是他拉小提琴，因为我弹钢琴，他便总要我与他一起奏个什么曲子，仿佛高山流水，知音相遇似的。我们合《梁祝》，弹《小白菜》《红河谷》，哼着自己的小调调，用键盘与琴弦对话，把无味生活变得意趣盎然。

特别是在午后，阳台上新洗的床单散发着洗衣液与阳光的清香的时候。小孩与老人一站一坐、一唱一和，隔辈人的“代沟”从未发生在我们身上，而我们也总彼此嫌弃着、打闹着，彼此大笑着、深爱着。

二

“不行！我还想让姥爷接送我……”直到现在好像还对这句哭喊记忆深刻。我们搬了家，离学校远了些。虽不过拐拐绕绕三条街，但说什么爸妈都不让姥爷再接送我了。

岁数大了，距离远了，时间长了。

我俩妥协了。

日后便没有一起在路上沐浴晨光、余晖的机会了，我也没有告状的理由了。会有些莫名不舍吧。

可能是因为知道时光在姥爷身上动刀子了。

可我们的故事非减还增。

他总到街边散步，朝着有阳光的地方走。喜欢晒太阳，我便常会在放学时与他偶遇，然后一起走回家，听他的拐杖和地上石子碰撞发出的嗒嗒。常会在路过道边儿推着三轮卖糖葫芦的老太太时两眼发光，缠着让他给我买那串山楂果又大又红的糖葫芦，他还会再挑拣一下，拿下一个他认为最好的那串给我，然后再与我抢上几个吃。

推开门进家，姥姥忙催吃饭，虽然有很多不同的菜，有很多不同的样式，但却有同一种温和味道。坐在他“专座”上的姥爷总要再带着“感叹词”地夸赞两句，可端起碗后便喊叫道：“老太婆，这粥怎么这么凉啊！”我便好奇地尝了一口，自认为还很烫嘴。

他就是这样难缠和犟嘴，就是如此不讲理、不听话。他的脾气如同倔驴，可他对生命苦难的坚硬态度，却全来自他骨子里的不服输和倔强。

姥姥跟我讲，姥爷年轻时候可英俊潇洒了，全天津市选才子到中央机关工作就选中了姥爷。那时候姥爷给周总理写稿子，非常有才华。后来到北大荒的时候姥爷负责伐木烧炭，白天干非常繁重的体力活，晚上就饥饿难耐睡不着觉。他住的工棚离做饭的伙房有不到一里地，夜里实在饿急了，他就悄悄地溜进了伙房，伙房里有给工友们熬好的米茬粥，上面结了厚厚的一层粥皮，他就直接用手把粥皮抓起来吃，吃完就赶紧往回跑。那一夜就这么挺过来了。

你从生活中的点滴琐事就不难看出姥爷是个从不低头的人，极要强，极不认命，极不服老。上楼下楼从不要人扶，不让别人用一丁点儿视他为老年人的目光对他。或许是他的心气太足，眼光这样新奇久远，对新鲜之物保有好奇之心，对历史长河具有探索精神。

常说姥爷这人活得通透，不仅因为他腹有诗书气自华，更因为他带着一股依旧热血如青年的愤慨之气和久燃于心底的激情。面对往日生活的不堪时，怀有笑对人生并挺过来的勇气。

这就是他，一个让我服气的老头儿。

三

记忆中，那是个雨夜，是孩童时的大雨滂沱。我坐着老式绿皮火车来到石家庄，离开了爷爷奶奶那似如我儿时仙境乐园一般的大院子，告别了熟悉的环境，熟悉的人和猫。

可小时，不懂怅然若失，我如今只尽力去还原当时的感受妄想还能记起来，虽然真切的实在感受早已不在了，可于心底的冲击是那份突如其来的陌生感。

第一个家在石家庄的二环路上，名字叫“玉城”，好像听起来还带着点山寨版的西域味道。那年夏天，饭桌旁的小窗会透着暖阳的光，饭菜的热气与光圈交织，缠绕着时光滴答中的丝丝故事片段，缭绕于彼此的空气之中。高高的马尾辫，晃悠着可爱的孩子气。姥爷总在桌子那旁笑着看我，我却老觉得他那黑得发光的眼睛像大灰狼，真不知道小时候中了什么邪，在姥爷身上竟如此想象童话故事里的坏角色。现在想来该是他气质中的威严之味太重了吧，太过严又太过释然，便会如此有冲击感。

幼儿园在小区院子里欢乐地扎根着，里面盘环着向上的楼梯，好像故事里公主的城堡一样，仿佛走上去，便会有长裙和王冠出现了似的。可姥爷的叫喊声却总让我梦碎，那个嗓门我约莫在幼儿园楼下都听得到——“臭狗妙妙”，好名字。一个让我流尽气愤泪水的好名字，一个让我以为自己是狗的好名字，一个让我曾质问过他无数次为什么却仍不罢休的好名字，“我不是狗！我也不臭！”“姥姥！你说我是满大街拉屎的臭狗吗！”“我不是狗！”……一个让我听了很多年，记了很多年，而原来在夸我，在用他的感受给我看似合理褒奖的好名字。

他说，狗不嫌家贫、狗不会见利忘义、狗很忠诚。

而我也就再次妥协给了姥爷式的“真理”。

可后来，我便再也不会因此生气大哭了。因为他常说，我有他的四分之一血缘。所以他是什么，也不言而喻了。

他也从不因此生气，反而常大力鼓掌，连声叫好，表扬我有“思辨能力”。

于他，无言以对，大概是我最好的“回击”方式了吧。

四

昏黄的灯光和静到能听见空气回声的沉默气氛预示着深夜的来临。姥爷脚下“嗒啦嗒啦”的布鞋声便是我该上床睡觉的预备铃。每晚睡前他都会拖着那双老北京布鞋，慢悠悠地走来看看我，再回屋睡觉。日复一日，年复一年。

这成了他的习惯，也成了我的习惯。

“哇！啊！呀！姥姥！”

本该美好的周末清晨，被一双伸进你被窝的冰凉大手挠你脚心打破。梦中的场景与现实的转换根本没有“藕断丝连”的过程，唰的一下就被惊醒，堪比闹剧一般。姥姥便会从厨房急忙跑出来，敲敲姥爷的小光脑壳儿，姥爷便会像小孩闯祸了一样捂着头“落荒而逃”，再接着大笑着说“臭了狗了一了个的妙妙”。

忘记我小时候是怎么崩溃到无奈了。

古怪的祖孙相处方式，充满了争吵与大笑。

我们是差了七十岁的忘年交。

从前少与他亲近，即便住在一起，也不会有太多和平时间，似乎我们之间的距离遥不可及，隔着一整个银河系，他的威严表情总让人畏惧，古怪的脾气太让人心生“距离感”。

你总觉得他神叨叨的。

将五个手指聚在一起做鸭子嘴的形状在空气中写字，嘴里嘟囔着我不懂的词句，电视里的欢乐、吵闹他根本听不到。

定了他的心，入了他的境，仿佛整个世界都与他无关一般。

说他古怪，他七十来岁的时候是真的古怪，少不了年轻气盛时期的愤青气质，总在看新闻的时候对各种事情评头论足，看拳击陪解说员大声叫喊。少不了孩提时的幼稚，总“挑眼”，对家里的每一处指指点点，对每个人的事他都必须一清二楚，若你因为太忙而没有给他讲清楚来龙去脉，他便会对你纠缠不休，来回盘问直到他对你的故事发表了见解和看法。

这个家，他的参与度出奇的高。

而当时的他嘴上仿佛装上了电动马达，总不停——时而大笑，时而喊叫，时而成为电影编剧，时而又成为球赛解说……

以为他古怪到烦了对不对？

他也总说那句：“别人笑我太疯癫，我笑别人看不穿。”

可是，当他的背影静立在光影中，手腕一点一提在纸张翻飞间；当他一字一句为你讲解诗词歌赋；当他坐在角落静静调试琴弦；当他沉默地看着窗外沉浸在老故事中时……

你便能体会到儒雅的含义，体会到沉静厚重于老者身上的味道，体会到这一家人对他又爱又恨的复杂情感了。

五

而故事只写到了 2018 年的这里

中间因为他的离去而终止了很久。

虽然我至今——时隔他离开快一年过后，都还是不知道该怎么提笔继续开始——开始这个“回忆故事”的结尾。但好像我内心已经接受了这个不得已被接纳的现实。而我也始终相信，只要不会遗忘，他就永远不是真正的离开。

为了让故事好好结尾，我最好还是忍住想念，回忆起些他离开前的片段继续把这个缺口补全吧。

虽然都是小时候的回忆了，可写下这些富有画面感的故事时我却还是忍不住想念——想念那个我又爱又恨的老头儿，想念与他的点点滴滴。

六

那年元旦假期，从学校回来到家已经是傍晚了，和姥爷坐一起互相嘲笑、“寒暄”完，我问他有没有什么他这么多年读书来认为不错的句子。他告诉我《庄子》里有：德有所长而形有所忘，人不忘其所忘而忘其所不忘，此谓诚忘。我们对这句话的看法很是一样便就此交流了很久，如果不是姥姥催着赶快吃饺子，我们估计能说上一夜吧。坐到饭桌前他对着姥姥发表感慨：“看！到底还是我的外孙女啊，别看我们老‘辩论’，可我们的很多观点是很相似的！”我说：“是呢，都是狗嘛。”

然后引来两声默契的大笑。

晚上睡前，他照惯例走到我的屋里看我。我问他要不要吃我买的橘子，他很沉默地摆摆手，便趿拉着他的布鞋走回了那屋。

“哒啦哒啦”的声音有些缓慢，脚步也比以前沉了很多，那双黑得发光的眼睛好像也被蒙上了一层雾。

那一秒我的心里好像有千万种说不出的奇怪感受。

一觉醒来，一年的最后一天如约而至。妈妈说姥爷不喜欢吃酸的，可在我做的番茄底料火锅的“诱惑”下他也还是吃了不少。

在姥爷“软乎，烂乎，热乎”的“三乎”饭食标准下这还算是一顿成功的晚餐。不仅逃过了姥爷挑剔严格的“挑眼”目光，还得到了他向姥姥的吹嘘：

“看！我外孙女做的比你好吃！”

新年音乐会是姥爷跨年夜的“必不可少”，他爱听那个年年占据节目单的《蓝色多瑙河》，也喜欢那些奥地利人引以为傲的施特劳斯家族的作品。他更对提琴爱得出奇，没事就会拿松香擦着他的琴弓，好像在抚摸着自己的珍宝一般。

他就是这么一个仿佛藏着“多重人格”的老头儿，上一秒还在吵吵闹闹，下一秒就已经沉浸在他的笔墨世界中无法自拔了。好像静若处子动若脱兔这句话放在他身上一点也不过分。

七

学校放寒假回家的那天，路上我给妈妈打电话，我问她现在在哪儿，为什么没来接我。她说：“你姥爷终于知道自己听话了，要求去医院住院了。”我心里咯噔了一下——因为不是不清楚我所了解的这个老头是有多倔强、多不服老，如果不是他自己觉得真的不太好了，他绝对不会去医院的。但除此之外，我也深深明白着——不管这个世界多美好，时光都会对快到达彼岸的人割下重重的一刀。

无论你如何祈求都于事无补。

那天舅舅、舅母和姐姐从北京过来，坐在病房里陪着他看电视，姥姥坐在他旁边给他剥橙子，爸爸、妈妈在病房的那屋刷洗着锅碗瓢盆。橙皮的淡淡香气从病房一直飘到楼梯口，好像我根本不需要问别人哪个是他的屋子，只要听到那依旧爽朗的笑，我就可以准确无误地推开他的房门，用只有我们俩才懂的“嘲弄”目光相视一笑。

而那天依旧。

推开门，看到他瞬间转头注视着我，眼睛里带着笑意和温暖，咧嘴说着“臭狗妙妙来了太阳升！”“唉呦！臭狗姥爷你终于知道自己乖乖来医院啦！”……

笑声充满了整个病房，我亲着他带满胡茬儿的脸，摸着他光亮的小脑壳，还学着他的调皮动作就势弹了他个“脑崩儿”，他捂着头翻我白眼的表情也还是那么富有童趣，那么可爱。

过了十点，他催我回家让我赶快回去休息，第二天好快点起床学习。我听话地照做了，可心里满是不情愿。“姥爷你乖乖的呦，我明天再来看你。”以前多么不喜欢被他亲脑门的我，那天主动地亲了他的脑门好几下。

好像心里有个声音告诉我——“别让自己后悔”。

八

时间一溜烟地跑到了春暖花开的季节，万物复苏，柳树抽芽。

一切都本该充满了美好的勃勃生机的时节。

而美好世界与压抑病房的对比，才是生活的真实面貌。他的情况好像每况愈下，他慢慢地听不清别人说什么，慢慢地别人听不清他在说什么，慢慢地他连水都需要一滴滴滴进嘴里，慢慢地他床边的仪器变得越来越多，慢慢地他的脸少了正常的颜色……

“你快回家吧，别看我了，我不想让你看我这样……”，我流着眼泪躲到了那屋的桌子边，问姥姥他是不是不想看见我，姥姥说：“你姥爷最爱你，他是怕你看见他脆弱的样子。”

我好像记不起当时的我究竟有怎么样的心理活动，也不知道我该如何面对这个叫作“现实”的东西。

那些忙忙碌碌的日子里，我成了“病房食堂”的“后厨”，在家做了半个多月的饭，给大家做完再让爸爸、妈妈或舅舅、舅母把饭带去医院给陪床的人吃。那些忙忙碌碌做饭的日子里，我唯一遗憾的是姥爷没能再多吃一顿，没能给他再做一次他最爱吃的葱油饼。

“诶！”姥爷在病床上的用力的一声叫喊让我们所有人弹起身冲进他的病房里，他瞪着大大的眼睛盯着这群被吓坏的孩子们，好像眼睛里说着大惊小怪。在这群大惊小怪的孩子里，还是他的儿子最懂他，向我们解释着他唇齿不清的话是：他要找他的小蓝皮本，找他的钢笔和眼镜，他说他想起来前几天有一首写给别人的诗还需要再修改修改。

他习惯于平躺，习惯于直直地举起胳膊看书，因为膀胱癌他的肚子上插着两个导尿管挂两个尿袋做体外膀胱，姥爷十九年如一日地平躺睡觉不能翻身，十九年把他的罗锅后背都睡得平整了，而每每躺在床上的第一件事便是举起他的书，然后保持如此的动作几个小时不动。我也曾躺到他的床上，试图模仿他看书的姿势，可别说一举几个小时，二十分钟胳膊就已酸疼。

他瘦到皮包骨头的手上插着输液管，脖子上插着化疗用的长长针管，可就算是这样，他也还是照样举着笔和本慢慢地写着他还想表达的一切。他说他想好好看书，叫我们都回去不要打扰他。我们家的这个老头儿就是这样，入了他的境便也是什么情况下都“如痴如醉”。

去北大参加模联的前一天我去和他告别，我贴了贴他的脑门，让他乖乖听话，告诉姥爷我会快快回来陪他的。他点点头，就闭眼睡着了。

和文字打仗的那几个日日夜夜，每天才睡三四个小时，挤压的强度让我来不及喘息。这世间的一切说来也真的是奇怪，会议结束的那天晚上我梦到了他，梦到了我和姥爷穿着一袭白衣，走在一个银装素裹的白色世界，里面布满了晶莹剔透的白色的花和树，他说他要拉着我去看一看这么美的地方，陪我走一圈。第二天的晚上十二点多我回到了家，累得倒头就睡。

“你赶紧起来吧，穿衣服走，你妈打电话说姥爷可能快不行了。”爸爸说着话，把我晃醒。

我并不知道这是真实还是梦境，也不知道自己该怎么面对。

上午的十点二十九分，我目睹了他的离开。

早春上午的温暖阳光洒在他安详的脸上，仿佛离开时还满眼笑意。

姥姥哭着对我说了句："一万八千三百九十一天。"

我明白，这是他们一起走过的日子。

九

参加他葬礼的前一天晚上，我熬夜又看了一遍《寻梦环游记》。虽然我无法控制住自己的眼泪，但起码我能控制住自己的内心——死亡并不是生命的尽头，遗忘才是。只要不会遗忘，他就永远没有离开我。

中间的种种难过与痛苦并不适合被一一写下。因为他留给我的是勇于迎接生活和命运的勇气，脆弱的悲苦在他的精神力量面前不值得一提。因为有价值有意义的离开是给后代留下足以被铭记一生的品质和心灵力量。他与命运相搏，与病魔抗争，不向现实低头，勇敢的、乐观的迎接生活的勇气。

而亲爱的姥爷，我剩下满怀的遗憾没能完成——你还没好好教我写书法、我还没吃够你做的葱油饼、我还没有和你学会拉小提琴和二胡、还没明白你肚里的满腹经纶、你还没给我讲完唐人写经、我还不知道你以前在北大荒的故事、我还想让你给我多写几首诗、我还想让你再和我去民心河边溜达、我还想让你给我再买几个水晶球和糖葫芦、我还想和你斗嘴开玩笑、我还想让你再陪我吃几次生日蛋糕、我还没和你待够。

我怎么舍得你走呢?

十

夜很深了，有淡淡的霾，看不到星星。

久久不能入睡，虽平息了心情但只要脑海里浮现你的影子，我便会突然惊醒，以至不敢入眠。好像生怕会错过了你的影子在我脑海里的短暂停留。好像我多少年来害怕的场景，就在现在的时时刻刻分分分秒秒让我身临其境。

那种感觉不好——宁愿捧上心肝也无法挽救、无力回天。什么都做不了，只能干站着，就算干站着好像也希望那目光可以有神力，注视着你，便能让你有一丝丝好转，给你带来一点点生机。哪怕是付出了迷信里一生的运气也无所谓。只要，只要能带给你一点点力量。

但我所谓的付出，也是于事无补。

从发现到离开，你已经远远超过了预计的生存期。你从来在命的这个话题上不服输，而从来在命的这个问题上我们都只佩服你。

你命硬。坚硬，有骨气，有底气。你眼睛里永远有光，你的脑子永远不迟钝，脾气永远都很犟……你从不怕命运带给你的一切安排，你也从来不会向命运低头。

或许我也不应该悲伤。是生是死总要有这一天，我们面对着一个很艰难很有考验性的问题：死本来什么都不是，死却成了一切。

这不应该，我却应该祝福你。

可我毕竟没有那么无私，无私到要把我爱的人送给老天。

我还有很多没有和你一起做完的事：我还想让你再给我刻几个章、写几幅好字，我还想让你在大早上挠我脚心，我还想让你“肚瓜放屁”，还想和你大声地笑。

我不说了，我们没有做完的太多了。

我有好多好多没有流完的眼泪也不该再流了，即便那种痛苦感没有人能切身体会，前所未有的孤独感和牵挂感，从来没有的眷恋与不舍。

对你——

我多么多么多么渴盼安康的你。

妈妈说人间都要有毕业，而你也在人间毕业了。

毕业了好，没有痛苦，没有牵挂，没有惦念。

你只管快活洒脱便是，活你灵魂里的自己。

这样好。

可我却很自私——我真的不想让你自己去那个天上快活，我还是想使劲抓着你不放，能抓多久就抓多久。我知道你不嫌我抓得你疼。你最爱我。

亲爱的姥爷，我们一起度过的这十二年会是我这辈子最值得留存的记忆，而我的身体里流着你的血也会是让我不向命运低头的最好支撑。这十二年里，谢谢你的爱和担待。我多感谢我的生命里有你，有过你。

我想再拉拉你的手，再多亲亲你。虽然并不懂该用什么好的心态来面对这一切深渊，但我希望你命里的光能照亮你未知路上的一切黑暗。

也在冥冥中指引我。

你最爱屈原和鲁迅。鲁迅先生说：“于浩歌狂热之际中寒，于天上看见深渊，于一切眼中看见无所有，于无所希望中得救。”

也许天上才是神祇的世界。

我说：明灯，会长久亮的。

而你，我一直相信你是魂里有神明的人。定会安好，无论何地。

下辈子我们一定生死不离。

十一

好像从那以后我就对“死亡”和“失去”这样的词格外敏感。

看到了两段写得好的话，就擅自做主把其中的字句改变为真正让我“感同身受”的样子。

“和死亡好像隔着什么在看，没有什么感受，你的家人挡在你们中间，等到你的家人过世了，你才会直面这些东西，不然你看到的死亡是很抽象的，你不知道。家人是隔在你和死亡之间的一道帘子，把你挡了一下，你最亲密的人会影响你的生死观。”

我觉得人往生之后，会存在于万物，我失去姥爷之后，反而觉得他存在在周遭的一切事物中，会在街头擦肩而过，会在陌生人中突然发现他的身影，这样想着，就慢慢超越了悲痛。

十二

故事写到这里，也算作是结尾了。

我们在一起生活了十二年，我送给你的故事就也到这十二节为止吧。

春夏秋冬四季轮回不长，一年三百六十五天不长。你走的这一年，剩下几季的那些叶落花开、鸟鸣雨落，好像都有了你的影子。

你在时，生活里的一切都平凡不过。

你走后，生活中的一切都与你有关。

你不再是我身边的老头儿，你好像变成我生活中的所有。而我好像也总会在不同城市的不同角落发现与你有关的各种事情和东西——或大或小、或稀奇或普通，只要与你沾边儿，好像就会被我多看好几眼，多感慨好多天。我好像也从未失去过你，即便我面对过了可怕的死亡和可怕的永别，流过了哭到即使看不见也停不下的泪水。但我想起你时还是平静多一些，因为你好像刻进了我的血脉里——同呼吸、同生存、同年轻。好像你时刻和我在一起——喜、怒、哀、乐。

有人说我失去你的时候表现得过于平静，都没有几天几夜不吃不喝，哭到晕过去。可真正面对死亡时的心底绞痛是不会用眼泪做表达的。我也并不觉得这是面对死亡的最好方式。更加不觉得这是我在面对你离开的时候的最好方式。

拾捌

我只记得，我塞给你一封可能你再也读不了的信，眼泪和笔水一起钻进纸里。字迹模糊。我最后亲了你一次，可能你再也感受不到。我现在还会常常梦见你，在许多许多个夜晚，在许多许多个我孤独的时刻。

但你是我的力量，是我想到就会大步向前的动力。失去你以后，我好像再也不害怕任何事情。希望你强大的心脏可以同样成为我的心。替你继续爱你没有爱够的人，继续做你没有做够的事情。

若我头脑再画面感强些，若我笔触再大胆抽象些，以你做原型写篇仙侠故事都不足为奇。可惜以我现在未历世事的轻轻年纪，终究无法落笔便能畅快淋漓地写透我的心意和你的生命。那便送你我尚驻足于凡俗人间的极度思念吧，祝你有如四季般不朽的年轻自由，三尺人间之上的酣畅热烈。

“诗酒坠落匿深海，爱意堆没落叶山。”

姥爷啊，好久不见。

希望你在天堂有酒、有诗，坦坦荡荡。

比在人间快活。

2019 年 1 月

所念隔山海

又是一个回不了家的年。

翻着备忘录里去年春节那天写的东西，好像“身在曹营心在汉”的滋味就又切实地萌生在了心里，感觉来鹄的“事关休戚已成空，万里相思一夜中”说的也是现在的自己一般。从上一个除夕夜到又一年年关，成长这两个字仿佛在跟我推杯换盏，平淡地交谈着生活中的好与坏，然后再悄悄往我的口袋里塞下那个叫作“经历”的新年红包。它高速穿梭在我的生命里，让我清醒地看到自己的变化、意识到它的存在的同时，也暗自庆幸着自己的有所坚持。在十八岁这一年的除夕夜里想着，能在岁月流淌里性情温和也同样内心热烈，在变动不定的环境里不动声色的保持着自我，在生活的刁难下留住性格里的温柔和心里的热爱，就是最大的可爱和胜利吧。

确实，想念会像藤蔓爬墙，盘绕在心里的每一个角落刺哄哄地扎你，提醒着遥远的千里之外有一个让你留恋的地方还久久亮着灯。爱也确实是不囿于山高水远的奔赴、相见和拥抱，但岁月终会在你的生命足迹下读懂你的奋斗和你的追寻，理解你缺席的无奈并给你的离别赋予更多可值得期待的答案。

我想象得到一派红火，喜庆热闹的气氛；也想象得到家门口贴着的，一定是我可爱的两个老太太左挑右选找出来的既有吉利话又有好看字体的春联；想象得到姥姥和奶奶包的饺子的味道；想象得到爸爸在拆开我给他买的红袜子的时候，心里又加重了点想我的感觉；想象得到奶奶家楼下总会有人不怕被抓的放几筒烟花；爷爷发红包的时候是怎样的笑脸盈盈又浮现在我眼前……可不用想也能知道的是，我最爱的那个在三尺人间之上逍遥快活的老头儿会来到我的身边陪我，我们守在一起的除夕就也无声胜有声的自在。

书画专用
印
泥
福

所以我们要热烈地拥抱未来，替所有没办法到达明天的人。

想起当年苏轼写“试问岭南应不好，却道：此心安处是吾乡。”白居易在《初出城留别》里写“我生本无乡，心安是归处”，又在《种桃杏》里写“无论海角与天涯，大抵心安即是家”。说的无非就是只要心安便四海可谓家，好像放到此时此刻就是只要心里有年也就足够了。可说一千道一万，怎么也比不上“家人闲坐，灯火可亲”这八个字，怎么也抵不上就拉着他们的手坐在他们身边来的真实可感。

灯火通亮，在大洋彼岸远远的想念世界版图上我生活过最久的地方。好像对自己的国家和民族只会越离开越热爱，越明白维护和尊重在心里占据的位置是何等重要。而踏过新一年年关的她也一定会挺过所有的艰难，更加的平安健康，让更多人迎接更多温暖的团聚。

去年手机备忘录里的话还是依旧能写得出一年后的心情——“每一次出发都是为了回家”，想藏住那些在家时候的烟火气，在碗中，在姥姥的花盆里，在饭桌上的桃花酒桂花酒里。当然也顺手塞进了行李箱里，带到自己一个人生活的地方，留着在回不了家的日子里好好回味。

新的一年，希望身边的每一个人都快乐，就是那种即便没有节日也能真切感受生活中每一点小温暖的快乐，有很多值得感到快乐的事情，敢大笑，敢袒露，敢相信。因一些生活中的细碎片段就会对生活抱有满足感，但同样也会充满期待和向往，对未来抱有饥饿感，就因为“未来可期”这四个字便能撑着熬过苦涩，心里多一分希望和坚持的信念感。但话说回来，其实就是希望身边的他们都能顺遂平安。

而这年啊，就好像是落在人间的星光，点缀着每一处值得被美好眷顾的地方。把每一户人家的灯火点亮，然后把人们的嘴角提到能微微笑出皱纹的地方。

2020 年除夕

拾捌

写在八月夏夜里的一点废话

当你害怕别人拿去你的观点和理念又纠结于别人不了解你的精彩和丰富时——继续保持温柔且极度浪漫。

回过头再去看自己曾经一笔一笔写下的东西，也觉得很是矫情哦。那些小小情绪居然也值得被拿来提笔。但也不后悔写下那些东西，毕竟在现在看来我还有当年的脚本可拿来细细回味，并可以无情地嘲笑当时那个躲在被窝里默默写字的十多岁小孩，在那个说大也大说小也小的年纪有着说大也大说小也小的情绪和心思。

当然了，好像也已经料到现在写下的东西可能会被几年后的自己拿来当作笑话嘲讽一番。但现在再动笔，也还是依旧的不后悔啊。毕竟都是拿来记录成长，当作纪念的东西。成长不用自己的方式记下，一定会在漫漫岁月长河里被遗忘的，而小时候的那些小小感受和思考都是往后人生中闪闪发光的游戏金币，投进一个便能牵引出一大串的回忆，每投一次便会提醒自己当年的你是如何的样子。而这才是任何小小感受都值得被自己记录下的理由啊。

做一块流心饼干吧，你的饼干壳可以酷酷的抵挡外面的所有困难和挫折，你的流心还要依旧温热，照样温柔且极度浪漫。

虽不知几年后的我又会想做什么样的我，但希望在我与自己在一起相处的时间里，我可以不管如何都保持对生活中美好与简单的敏感度，能和小时候一样敢于提笔写下自己的每一点感受。

2019 年 8 月 4 日

十九度的秋

又听到了那首熟悉的歌，想起了去年一到周末就要自己溜达着去超市买一大袋蓝莓的日子。被窗帘里透过来的光晃醒，穿着睡衣下楼吃早饭，有时候烤面包机火候太大会把面包烤煳，烤完了冒着热气还烫手的时候就是一个面包最好吃的时候。站在桌子边纠结是该往贝果上抹草莓酱还是巧克力酱的刹那想法，是除去想每天该穿什么之外最短且无意义的纠结。端着盘子和朋友们互问早上好，然后裹着大衣去后院的秋千上坐一会，耳机里放着那些温温柔柔的歌，二十度左右的天气风在脸边划过，午后阳光正好。

宿舍楼后面的小路上很安静，适合晚饭以后自己一个人去走路。路边是一幢幢的居民楼，小路的最里头有个很小的湖，和火车轨只有一个栅栏之隔，一对灰鸭每天都会在水面上互相陪伴着发呆，听汽笛声呼啸而过卷起一地落叶。有一段时间很喜欢吃完饭去那条小路上跑步，现在想来对那种状态的眷恋大概就在于，只是戴着耳机大步走着，好像就可以把自己与窒息的疲惫和慌乱暂时剥离开一会一般，可以把一整天或那段时间里所有藏在身体里的杂质都自己消化干净。路的最外头是一个学院的图书馆，透过玻璃大门可以看到里面不同肤色不同人种的年轻人们埋头忙碌着的背影。

喜欢那条小路还有一个很重要的原因就是光线实在太好了。走在路上，身后会透出黄昏时刻暖暖的光，站在路最尽头的位置可以回头看到落日挂在那棵高高的榕树头顶，金黄的秋叶配着黄昏的余光洒在路边的郁金香和野草上，连发丝都被光染成了淡淡的浅棕色。对于那个日落时分的形容词，最合适的大概就是刚刚好吧。

在学校的时候，最喜欢的事就是到了周末自己坐着公交车到市中心的音像店里买黑胶，在里面可以一猫一下午，淘着各种老时候的爵士专辑和歌剧原声带。然后再溜达去中餐馆里自己吃碗西红柿鸡蛋面，喝杯苦苦的茶。好像借此就能找回点家的味道一般。市中心的 Wasabi（日料店）对面的小岔路连着 Christ's Pieces（公园名）公园，偶尔周末不忙的时候也会走到那散散步，然后坐在长椅上写点东西，看到绿头鸭跑过来凑到脚边的时候给他们拍几张照片，再追着他们跑几步。看着公园路上来来往往的人和自行车穿行而过的时候，突然有一种恍惚的错觉——世界这么大连一个小城市的小角落都能包容着这么多不同的人和故事，而世界有时候又小得离奇，每个人都有着自己不同的世界。

记得英国疫情开始严重的那会差不多二三月份，学校里的同学们都在准备买机票回国和收拾行李。某一天下午我蹲在房间里收拾箱子，桌子底下堆了好多超市购物袋，因为本来月初那会儿是不打算回国的，所以就去超市屯了很多的吃的用的，还有后来爸爸妈妈从国内寄来的防护用品。想想既然马上要走了，就把这些东西都留给老周和大倩吧，就东装西装地塞了满满两大兜子的东西，想说什么时候给她俩送去。正好我和倩打电话的时候说起来我第二天早上要走，仨人就想着要不约在食堂一起再吃顿晚饭吧。还和往常一样，一到周末就懒得洗头的我们戴着帽子坐在角落里的高台上说说笑笑，仿佛碰在一起就有说不完的话和讲不完的故事。我去给她俩买了两瓶可乐，倩儿拿着那瓶可乐愣了半天拿手机默默照了下来，说了句：这得纪念一下啊，要不然下次一起吃饭都不知道是什么时候了。我随口说了句我还没有防护服想从中餐馆买一件，倩儿说她有两件，然后直接就回去给我拿了一身，还塞给了我两瓶消毒水。那天晚上也不知道怎么了，天那么凉可三个人站在 Purbeck 宿舍楼的门口却怎么也不想分开，老周裹着她的卫衣哆哆嗦嗦的站在风里一句一句的嘱咐着我要注意这注意那，我也一如往常的磨叨着让她俩照顾好自己别出门。虽然知道我们一定会再见，三个人也天天在群里聊天，但回过头说完再见就不知道什么时候会真的再见的遗憾，还是一下子涌上心头。

和我们仨一样的，或许还有很多很多人，是平时每天在一起生活的朋友，是在异国他乡的所有时间里一起相处最久的人。的确啊，她们两个真的是我在那的生活里最五彩缤纷的存在，和她们在一起的大笑和打闹，还有那些一起陪伴着度过的最忙碌紧张的时刻都还在脑海里清晰地记着。而在这种不得不分开的时候，我们也只能把毕业的感叹提前进行了吧。只不过这样的道别还是太仓促了些，毕竟心里的挂念和不舍还依旧是抹不平的棱角。

疫情期间，其实身边的朋友们也都会拿起手机向那些平时不怎么联系的人发出一句诸如“最近还好吗？多保重”此类的话。它仿佛打开了人们之间的隔阂和距离，让我们能有理由对他人表达关切和担忧。没有回国的那段时间里，我收到了很多好久都不说话的朋友和老师们甚至是小学同学的微信，还有很多消息是一蹦出来就让你产生“咦，他怎么会给我发微信？”的诧异，但看看内容就会心头一暖的话语。就和妈妈一样，她也有很多平时不常联系的朋友生活在国外，病例猛增的时候，她会在微信里发一句：“你那里怎么样，需要口罩吗？地址给我，给你寄过去一些。”虽然话很简单，但看过之后也不由得感慨天灾人祸前，人性的善与光辉是最能给人以支撑的东西。而爸爸妈妈的口罩也在国外“一罩难求”时寄往了各地的朋友手中。

不过我最遗憾的大概是没能和老师朋友们照照片，也没能参加成毕业典礼吧。本来当时买了宝丽莱之后，就一直惦记着要等毕业那天和他们拍合影，但没想到所有事情都出乎意料的突然。没能来得及照相，也没来得及和他们每个人好好道别。会计老师、文学老师和经济老师都六十来岁了，英语老师还有哮喘，虽然大家都很担心他们的身体状况，但可能心里最深处的想法还是，一切都会过去，我们还会再见的。走之前的那天晚上，我们宿管特别郑重其事的叫我的全名，很严肃地告诉我：Take care of yourself. Don't worry about everything at school, just email me if you need anything or just say hi！（照顾好自己。不要担心学校的一切，如果你需要什么，就发邮件给我，或者只是打个招呼！）然后所有宿管一起对我笑着说了晚安。回头上楼梯的时候，我发现眼泪早就已经流进口罩里了，就连自己也不知道究竟从什么时候开始已经对这里产生那么爱恨交杂的感情了。

宿舍的窗户不大，但从窗边望去正好就可以看到楼后面的秋千、樱花树和经常去跑步的小路。秋冬的月亮总是出来得很早，好像在那里的夜晚就莫名很长，而那些没有别人在身边的日子里，大概就是把日子过得最明白，想事情最能想得清楚，情绪起伏也最平稳的时候吧。有那些可爱的朋友们在身边，就也少不了快乐和陪伴，当你有时候沉溺在自我世界和某种情绪中的时候，他们会不约而同地出现在你身边，给你体恤式的温柔，用陪伴和快乐包裹住你，把你推出难过和疲惫，只单有行动好像就也无声胜有声地能让人感到温暖和安心。

2020 年 10 月 20 日

拾捌

和死亡隔着的那堵墙

对于当时十六七岁的我来说，在面对亲人离去这件事情的时候，一直沉迷在某一种情绪中跳脱不出来并不是我当时的选择。因为我会明白姥爷希望我成为什么样子的人，我会想如果他处在我现在的状态，他会以什么方式来面对这样的悲痛。

人之所以能够被称作最永恒的存在，是因为即便他就算终有一日会永远离开，却也依旧留下了很多美好的品质或痕迹在他的后辈人身上，并且这种绵绵不息传承着的精神力量，是让他可以安心离去，让他即使看不到也踏实相信着的存在。

或许我从这个过往里给自己最大的启发就是，我们要尊重并正视沉重的现实，但我们可以用开阔、幽默甚至戏谑的方式面对自己所产生的种种情绪。因为事实与情绪本身就是两个维度的存在，一个理性一个感性，一个可视一个不可视，我们可以以更多元的视角看待自己，这种看待里既包括自己生活中所发生的事情，也包括了因为这些事情我们头脑中产生的感受，或因为这些事情我们与他人产生的联系。

能做到中立地看待别人不容易，能中立地看待自己就更加不容易了。

而我最后坦然接受他离开的原因有很多，比如我知道和他从小一起生活的记忆会一直留在我的脑海里，每每当我独自一个人的时候我会知道他一直陪伴在我身边；比如我知道，他强大的精神世界会给我这一生以支撑，那种精神财富对一个人的滋养是比任何其他都更能让人有所成就的东西。还有最最重要的就是，像帕拉尼克说的那样——

因为“你是永恒的，但这一辈子不是”。

2020 年 2 月 27 日

二〇二〇年的某一天

今天考完试下楼，被难到让人想撕书的卷子弄的不想吃晚饭，就一直站在餐厅里看着饮料柜发呆。过一会缓过神来才看到食堂那个新来的阿姨一直在看着我笑。她问我考试考得怎么样，我说还好但很累。问我想不想喝点什么，我还在犹豫的时候，她就给我拿出来瓶豆奶递给我说 It's a secret between us huh（这是我们之间的秘密啊），我就惊喜地冲着她傻傻地笑了好久。

其实也不是什么多大的事啊。但就是觉得自己时常很幸运，总会有身边的陌生人在最普普通通，但恰巧心情不好的日子给自己温暖和安慰。在长大了以后还能看到陌生人对你投来关怀和暖意，是真的很感动了吧。

能冲走疲惫……

写到这里想起了前一段时间自己在备忘录里写下的一段话——

如果你的声音会对一个人产生不好的影响，或是让他自以为是、或是让他伤心烦恼心情不好、或是打碎了什么他一直珍惜的瞬间……那你最好不要发出这样的声音或不要向他袒露这样的想法。

因为声音再微弱都有力量。

但相反如果你的声音会让一个人重新思考自己，会让一个人感觉幸福和温暖，会让人明白该走向哪里如何进步，会让一个人感觉到被支持信赖认可……那不管这声音有多微弱都一定要说出来。

还有就是无论在乎与不在乎，重要或不重要，不值得的声音永远不要让它搅乱你的步伐和心智。因为你让它伤害到的是你花很多时间都忘不掉的，但且退一步，如果都已经被影响了，那就让自己做一个能快速走出任何一种情绪的人，做值得的事和值得的人在一起。“自己”是一个人一辈子的武器，不能让任何东西轻易伤害了它，你还需要用它去经历后面几十年的各种磨砺呢。要善待它。但也轻易不要遗憾和后悔，不给自己留这样的余地。已经做了的决定就照当时下决定的时候的决心那样，少用自己宝贵的时间去后悔和遗憾，还不如反思和自省来的有意义。

心情不好的时候，也要该做什么做什么。不要想得太多做得太少，这是一切焦虑的根源。只管做就是了，不管有多少难事，只要开始了肯定会一点一点在变少，要心无旁骛。

一个人的时候累也要撑着说不累是常态，因为独自面对生活的一切经历都是自己给自己按下了成长的加速按钮，要享受成长的过程，苦并乐在其中。把难说给自己听，向内消化，心就会被撑开得越来越有弹性。

和别人在一起的时候要用能量温暖身边的人，做那个也让别人觉得生活温暖的“陌生人”。

2020 年 1 月 14 日

明天见

今天的剑桥气温高了起来，好多人都换上了短裤短袖。我还习惯性的套着秋衣，穿着长袜子。

立夏一过，就又到了会让很多人心情变好的季节——只要没有蚊子还不会被晒黑。

又想起那个带着熟悉味道的夏天——盼着奶奶早点做晚饭，盼着早点练完琴就能赶快喷上花露水下楼奔跑蹦跶。每次一下楼院子里的猫就都跑出来，也

不知道那群猫是和我有缘还是和我手里拎着的肉有缘。那时候最开心的就是院子里的小朋友们没有被爸爸妈妈拽着出去吃饭，在楼下一叫大家就都会跑下楼来玩，穿着小白裙子丢沙包，一个一个的泥点子往上砸也不在意，在院子里的吊灯下踢毽子，浑身上下被叮十几个蚊子包也不想上楼。背着奶奶偷偷喝小朋友们拿来的AD钙奶、优酸乳，然后把瓶子远远得丢在隔壁院子的垃圾桶里还怕被发现，和王静函在院子里骑带辅助轮的四轮自行车，骑得太快就扎到了草坪里，然后不哭也不闹拍拍土起来接着骑……有时候院子里的爷爷奶奶会给我们买西瓜，拿着甜甜的沙瓤西瓜和奶奶拉着手看楼顶上完整的北斗七星，羡慕并享受着大孩子们手里的汽水瓶子被打开的瞬间，快乐就像那些呲啦呲啦冒出来的泡泡一样占据了整个夜晚，静谧而热烈。

“好了好了好了，快都回家睡觉吧。”

“走吧，明天还见呢不是。”

“晚安，明天见”

也不知道和这群小朋友们都多久没见过了，也不知道都多久没再在院子里跑跑跳跳了。

生活中最幸福的句子就是“明天见”。

最奢侈的就是还有机会做小孩子。

2019年5月16日

拾捌

仅自己可见

从黄昏到日落再到深夜，我一动不动地坐在电脑屏幕前盯着“字数：0”，听着桌子上小闹钟的指针发出嚓嚓划过的声响过了好久。若说写东西是一个消耗时间的事情，我很同意，但对我来说耗费时间并不是因为不知道该写些什么，而是因为脑子里闪现的思绪实在太多不知道该从哪下笔为好，也难以抉择该挑选哪些片段择优录取。在一些时候来说它的确是个优点，比如作文考试我不会因为没有灵感而耽误考试时间，比如考口语我从来不担心我脑子里没有故事。但很多时候它也的确是个缺点，比如在面对一个事情的时候，我脑子里会闪现出很多种观点和看法，以至它们会影响我的决定，当然还比如现在，我依旧在说一些为什么脑子中会蹦出这些思绪的原因，而没有开始正题。

通常一些时候我写东西都喜欢开门见山，想谈什么就直接开始写什么，这样既节约别人的时间又节约别人的情感，而且开门见山比较适用于考试，上来就向考官亮明观点更容易得高分，也可以简明地告诉别人这篇文章在讲什么。但在这个絮絮叨叨的长篇大论里我想说一些留给自己的话，给自己即将到来的十九岁画下一笔能值得回头被好好回看的痕迹，所以一直迟迟没有下笔，也想不出什么特别的措辞来修饰这些普通平凡的词句——因为好像这词词句句就如日子一样，任你怎么心想着用特别与惊喜装点也终究敌不过平淡和真实来的动人。

印象特别清楚的是在过十六岁生日之前，我在紧张到连吃饭都没什么时间的学校里用一节晚三给自己写了一封长长的信，总体来说就是告诫自己要做到什么，成为什么，坚持什么等等之类的一些要求，好像按常理来说，每一篇想要表达这三个观点的文章通常都大而空，但那封信的优点就在于不仅长而且内容注重实际，甚至也结合了生活细节和当下的每一点感受，缺点也在于有点过长、要求过多，以至当时给璇妈念那封信的时候她都说：哎哟孩子，这不知道的以为你已经三十来岁了。暂且不评论有个“老灵魂”好不好，也不评价少年老成这四个字是好还是坏，但不得不说以前的自己很喜欢给自己画个饼，比如喜欢给自己列很多各式各样的目标，喜欢给自己许多期许和要求。先不提这有用没用，反正给了自己不小的心理压力倒是个没必要且没有什么实际作用的事情。

实话实说，十八十九岁的确比我想象中来得快了些。一晃眼我也成了法律意义上的成年人，需要为自己的行为负责，需要独当一面……但吹灭生日蜡烛的那一刹那就意味着一个人成为真正的成年人了吗？或许不是吧——因为如果在奔向真正成为一个成熟的成年人的路上这么轻而易举的话，怎么还会需要这世上的许多磨难和挫折呢。而哪一个成年人曾经不是炙热又青涩的少年，只不过在踉踉跄跄、跌跌撞撞成为真正的成年人的路上他们都或多或少的经历了些无法轻易向别人说起，但真正长在他们心里的坚实且足以支撑他们前行的能力和经历。

记得我在写下这段话之前，和我同一个 tutor group（导师小组）的小妹妹跑过来轻轻地敲了敲我的房门，问我可不可以和她聊聊天，因为她感觉心里有很多迷茫不知道该怎么解决。我坐在床上回答着她的疑惑，听着她的不解、迷茫和难过，仿佛看到了当初那个刚到异国他乡的自己一样。她说她的物理老师很差，上课什么知识点都讲不通，所有的考试要点他讲课过程都没有涉及，PPT 里的问题他也不做解答，她问我如果这样的话有没有什么方法。我只好说一些听起来不像安慰人却真实的大实话：“首先，国外的老师都是这样，工作和生活分得清清楚楚，他们一定不会为了个别学生而花费时间解答疑虑，单独补习，所以只有靠自己。上课的时候有不懂的就马上提问，因为你的目的就是从老师那里获取知识，不要因为惧怕那个空间氛围下的尴尬和紧张而逃避自己不懂的弱项。到最后不懂装懂的弄巧成拙才是最尴尬的。其次，一周只留一两项作业不是因为简单和轻松，而是他们为了给你留出大量的空白时间，靠自己的努力补齐自己的弱点。不懂就从头到尾把笔记全写下来，再不济就全部背过也比什么都没记住要强。”她说她有点想离开这个学校，但她不知道该怎么安排她的考试和几周后新学校的面试，也不知道怎么安排自己现在的生活，好像一切都乱糟糟，睡眠很不好心情也很差，状态一直懵懵地坐下写着写着作业就想哭。我只能拍拍她劝着没关系，就像以前的我也会因为发现了这个环境差强人意的真实样子而怀疑、动摇，也会因为对未来充满不确定而翻来覆去地睡不着。但慌张感是每一个进入新环境的人都会有的，对一切的未知和恐惧是会支配一个人的精力的，更何况才只是十五六岁的年纪，这再正常不过了。未来的面试很重要，但当下的考试也同样重要。我们时时刻刻都要做好随时可以跳出自己不喜欢的环境的准备，但只要是没有离开这个环境一刻，就都还是应该把该做的做好。一定不要为了未来的不确定和犹疑就把当下的生活搅乱。因为知识是学给自己的，不是学给情绪和氛围的，就算以后会遇到更好的老师更好的同学更美的校园，但知识是永恒不变的，装在自己的脑子里就是把自己准备好了，准备好自己比什么都重要。

我看着她放长又瞬而缩短的目光，看着她勉勉强强能提起来的嘴角，心里也莫名的一酸，原来同样的情绪和感受确实也会发生在不同时间点和不同的人身上，而我希望把我可以说的、我知道的告诉她，就像我当时同样怀着不安和疑虑的时候，也多么希望可以向一个有点经验的人倾诉和提问，但我还是感谢自己当时把那些紧绷、复杂到足以侵蚀内心的情绪咽在了自己的肚子里，没有被情绪控制也没有向任何人提起过那些对十六七的我来说有一些重量的事情和感受，因为好像把感受向内消化，心会被撑大。当你的心有足够的容量和韧性去承担、分析、消解自己的不安和情绪的时候，就可以长大的更有力一些。我不希望这个小妹妹和我一样天天窝在屋里不出门，老是和自己待着。但我希望她在为因为感觉到了些许孤独，而慌张和难过的时候，可以想起我和她说的：要学会和自己相处。要享受孤独而不是惧怕它，因为人这一辈子大多都是在和自己度过，自己明白自己要什么，懂得如何劝慰和鼓励自己，与自我和解，了解自己情绪和思绪产生的每一种原因，并试着不要被他们牵动和左右是很重要的事，把自己的生活过得精彩才是最开心的。她笑笑说：“谢谢你呀，我好像确实被你说开了。”我说：“即使以后你去了别的学校有事也可以给我发微信呀。一定会回的。”走之前她抱了抱我，我也和她说了晚安。

看着她小跑回房间的时候，其实真的希望我这短短的陪伴可以给她一点点的安全感和温暖吧，因为在国外的日子说白了就好像孤身一人的奋战，和只有自己给自己做后路的“单项历”，但凡能有一个温暖的声音出现都会是这一晚能睡得安稳的理由。

如果问我记忆中的哪一个暑假最让我难忘的话，我一定一辈子都会清楚地记得2019年的八月份，我和妈妈坐在百子湾的一家日料店里，我喝了人生中的第一瓶波子汽水也第一次看她喝了啤酒。故事很长所以不赘述感慨万千的缘由了吧，只依稀记得我们坐在一起聊着天，四目相对流了眼泪。我说：“妈，等我考上大学的那个暑假我们再来一次这家店吧，到时候我陪你喝一杯。”这句话听起来挺平平无奇的，但当下的那个四目相对的时刻，空气中弥漫出的大概就是那种只有父母和孩子之间才能彼此懂得的艰难和心酸吧。那一年是个不容易的一年，比如在遭遇了入室盗窃的同时又被学校逼着换课，面临升学压力的焦虑和要解决大小问题的应接不暇，面临内外的双重夹击多少是对那个时候的我来说有些不容易的，但好在我们都足够信任自己，并给自己的内心注入了不少的鸡血，才有胆量与困难迎面对抗扑个满怀。那段时间真的很难，回头想想却也真的宝贵。

走远的这两年，我时常感慨自己的成长速度有些超过自我认知。当一个人能清晰感知到自己的成长和变化的时候，成长速度该是有多快呢。无论是思想的维度和深度，做事的方式和态度，还是性格、认知、喜好、三观……自己陪伴自己的那两年，我都知道自己的的确确变化了不少也成长了不少。不过好在，是变得更好了，成长得更加通透和清醒了许多。那个小时候喜欢多愁善感伤春悲秋，有着千丝万缕地对未来的假想与感叹，内心感性的小女孩，变得更加理智和果敢了。控制得住自己的行动和情绪，不再把心里的倔强挂在嘴边，也不再把心里的感叹露于眼底。还是喜欢这样冷静又坚定的自己，好像整个人都少了一层扣在外面的罩子，更加能真实的打开自己了，眼里的光也更亮了。

若说一定要总结自我的话，一个人的日子真的能学会很多。比如要懂得沟通，沟通真的是人与人之间最直截了当的了解方式，不拖泥带水不过度解读是对沟通的基本尊重，真诚和理智是基本原则，换位思考和各退一步是理想状态。以前的自己好像是一个极其怕触及别人某些点的人，会很在意别人的细微感受，会因为怕别人受伤而选择自动屏蔽掉很多交流。但现在想来，因为无依据、无理由的害怕而放弃掉尊重自我感受和事实本质是很蠢的做法。一味的要求别人做自己肚子里的蛔虫，能明白自己在沉默不语下的所有希望是很自私的想法。而勇敢沟通能解决很多问题，心平气和地探讨关系或事情中间的问题与处理方式是个真心不错的做法。毕竟你不说没人知道你真的需要什么。

其次就是要尽量带给别人积极的情绪价值。小时候总听大人们说家家有本难念的经，其实长大了发现每个人都有自己那本难念的经，不仅拗口还生僻，并时常伴有奇怪的断句，而且和那些有着负能表达形式的人相处太像置身深渊之中了，所以和别人在一起的时间里尽量保持积极乐观的状态，是对别人的尊重也是对自我心情的调和。保持积极的状态，这样别人也会觉得和你在一起充满希望和力量，这样的相处就是舒服和轻松的。如果有难过的事情和时而的丧到极致也不要紧，毕竟是少数也总会过去，办法总比困难多。

最后就是真正对自己负责。真正对自己负责听起来涵盖面很广很杂，话也有点空有点大。但其实就是在生活中的方方面面照顾好自己保护好自己。小到自己一个人在房间要记得锁门拉窗帘，不让自己生病控制自己的身材；大到照顾好自己的思想和情绪，对自己的时间和精力负责。虽然做个合格的成年人的确好难，但不得已也要为之啊。

除了学会的这些之外，也还有一些希望自己学会的事——比如要有更清晰的自我认知，知道自己几斤几两，知道自己和理想状态中自己的差距有多大。比如说到做到的行动力要再强一些，能有更好的专注力着眼于当前的工作和学习，少想如果。比如少给自己设限，多给自己可能性，让自己更加活泼生动一点，别天天像个沉稳的老大爷。

既然是写给自己的十九岁，那一定少不了爸爸妈妈的位置。虽然小时候，我那些画技拙劣的公主旁边一定会用彩笔写“妈妈我爱你”五个大字，也经常会把自己的花卡子安在她头上，夺命连环 call 的给工作繁忙的她打电话，但长大以后仿佛人的表达也变得内敛了，对她的爱常常付诸笔尖上，或是一件件小事里，或者突如其来的什么都不说的拥抱。虽然她肯定知道我对她的爱一如往昔且越来越深，但长大以后我真的好像不怎么喜欢在嘴上说我爱她，取而代之的是见不了面时的信件，是一起走路时我拉着她的小手把包挎在我肩上，不让她拿沉东西，是对一个事情产生两种思考时据理力争的讨论，是在远方想起她时就会充满的无限动力。我喜欢她，她会同等地看待十八九岁的年轻人，尊重他们的想法和思考也同时给他们以帮助和启迪；她是一个思想有深度和广度的人，我沉迷于和她的交流与争执，且乐此不疲；她会在每一个成长阶段和人生节点给我一个课题，比如小学三四年级的时候她告诉我这段时间她希望我戒掉骄娇二气，比如初中的时候她希望我能做一个在心里给自己点一盏灯知道自己要什么的人，但她又从不给我设限，支持我的想法和决定，鼓励我尝试新鲜的事物，永远会对我说：“孩子，有多远走多远，做你自己想做的事。”在放我自己走出去成长的这件事上，我知道我是个很让他们放心的人，他们也知道他们永远牵得住拉着风筝的绳子。虽然他们是第一次做父母，我也是第一次做孩子，大家都没什么经验之谈，但总体来说还是极其有趣又浪漫的结合，彼此相爱又不彼此纠缠，互相放心互相惦念。

而爸爸呢，他真的是一个让我感觉无比舒服和安心的人。我愿意向他倾吐一切好与坏，难过或开心。他会温柔地接住我的所有情绪与不安，一语道破问题的关键点却又丝毫不戳我的痛点。他最让我舒服的一点就是，如果他很敏锐地捕捉到我最近可能因为一些事情压力很大或者心情不好的时候，他会自动回避开这些让我感觉有压迫感的点，然后和我聊一些最近发生的有的没的，和我聊些像朋友才会说的话。这种时候我会不由地就卸下来些紧张和焦虑，会感觉心里温温热热的，自己有喘息的空间。他就是一个让人觉得舒服的人，他懂我但他从来不咄咄逼人，他明白我沉默的缘由却从不戳破我独自沉浸在自己世界里的氛围，只是靠近我给我陪伴，然后默默在我心里亮起一盏灯，好像就能比任何智慧带来的劝告和建议都更加有力量。好像我的所有情绪，都会在与他在一起的时间里，变得和他整个人一样平和、温热。他给我的，是那种浸透身心的温暖的包裹感，是爱渗入了生命的每一节片段，是在从内而外被温柔爱着的同时也因为他而更懂得了爱人。在这样的爱里长大，整个人都会舒展且温和没有苦味。

这篇文章兜兜转转从十八岁写到了十九岁，始终认为比起偶然的幸福感和满足感，充足的睡眠会有更好的治愈效果。可惜这样的忙碌是自己的选择，自己选的便只管尽力就好。虽然那些生着病还得熬到半夜上课写论文，忙到头大并伴有一丝想骂脏话的日子很折磨，但真的也很值得珍惜。毕竟这是自己选的那个想要的东西，总不能要打自己的脸吧。得过得不赖点才能让自己服气。合上电脑里放完的录播讲座，点上自己喜欢的香薰蜡烛，开着暗暗的台灯听着唱片机里缓缓淌出的 Shepherd’s welcome（比尔·卡拉汉于 2019 年发行的歌曲名），写着最后的结尾——希望十九岁的自己一切都不错，脸上永远是晴天，并大步向更好迈进。

2020 年 12 月

新时代里的那些本末倒置

当这个时代流行着信息传播碎片化、图像化，人们不再记得历史长河里的印记，丧失了观察世界对待问题时用哪怕一点点历史角度去宏观地看待它们的时候，人们似乎变得不太会记忆了。

大年初三那天晚上，我做了个很奇怪的梦，回学校看老师的时候，被老师拉到讲台上要求读一段中文的文章，但我磕磕巴巴地连一句完整的话都读不成，我清楚地记得我做着梦对我的语文老师说“如果你有英文的我可以读得好一些”。虽然这确实不会在真实世界里出现在我的身上，但如果一个人遗忘了该如何使用母语，忘掉了一个人本该最擅长、了解和运用的本国家的文字和文化是一件说起来好像事不关己，但着实让人确实可惜的事情，似如忘记了自己的根真正生长在哪一方土壤一样。

虽然时间长河中历史的消失有很多种原因和可能，在不同人身上留下的烙印也不同，历史和文化具有两面性，真实世界也有许多不同的样子，但我们记住历史，记住自己的文化不是为了要让自己固守传统、故步自封，而是知道自己从哪里来、为什么而来，能让自己走得更远，看到更多，活得更明白一些，也能以更加客观和多元的视角看待我们自己的文化和历史，并能更好地创新和传承下去。

2020 年 1 月

拾捌

非常时期

迟迟没有提笔写下这段非常时期的非常回忆，因由感觉自己的大脑仿佛还是处在高度疲惫紧张后的宕机状态，虽有很多想写但怕自己的困倦实在难以支撑这思绪的一拥而入。不过，要是再不赶紧好好记下这不一般的经历，那些回忆怕不是都要作废了不成。

本来刚开始爸爸妈妈是不想让我离开英国的，犹豫的原因其实也和很多家长的担心一样，一是考虑到学业和考试的情况，我们不知道会不会因为疫情回国而耽误了毕业和考试，担心与焦虑产生于对选择的迷茫与对未来的不确定性；二是基于疾病的传播途径、方式以及现况，比起路途上的危险系数来说其实只要在宿舍里不出去危险不会太大，尤其在机舱那种密闭环境中待十多个小时，同机人群和在路途上遇到的人都不知道是什么群体并和什么人群接触过，在这种环境下，呼吸与接触任何东西都有可能给自己的生命健康带来威胁。出于对这两个因素的担忧才一直迟迟没有买机票，但得知学校可以上网课，出勤率也不会因为疫情原因而被影响，再加上英国那破天荒的群体免疫政策，18 日一早爸爸妈妈打电话告诉我他们给我订了 20 日中午的机票回国，我马上下楼通知了我的宿管、班主任和年级主任并编好邮件发送给了学校。

从 18 日的下午 15：00 下课立马跑回宿舍开始收拾房间搬家，我一个人收拾到第二天凌晨。19 日又收拾了一天，清理打扫到半夜 2：40，然后倒在床上睡了三个来小时，20 日早上 5：25 起床，6：30 从学校出发，八点多到机场，一直等到 9：15 值机柜台才开放，拿完登机牌立马就去过安检。帽子、护目镜、口罩、防护服一样没少的穿戴齐全。从排队到过完安检用了 20 分钟左右。进入航站楼以后，放眼望去会发现很多穿着防护服、戴着口罩的都是留学生，少有几个外国人会戴口罩和手套，并且佩戴口罩的方式也都不太标准。候机大厅里的旅客们都安安生生地坐在椅子上休息，和以前热闹的忙碌的环境相比机场大厅清静了不少，也没有什么人去逛免税店了，不过坐在餐厅吃东西的人倒还是不见少。

T2 的 B 类登机口要坐手扶梯下楼，再走很长的一段路，距离安检口大约需要走 15 分钟。在确认了对应的登机口位置以后，我找了一个离那里几百米远的空座位坐下了，周围空荡荡的一个人都没有，面前是大大的落地窗，万里无云的天气，飞机从划过到起飞都感觉近在眼前。候机的时候吃了两根能量棒喝了一瓶水，临近登机前又去了一次厕所并换了一个新的口罩，仿佛是做好了那种十几个小时纹丝不动睡觉的准备。上午 11：20 排队登机，机组人员在入口位置测量体温，体温合格才可以登机。在找到座位号放好行李后，就开始了疯狂消毒的过程，用消毒液和湿巾喷擦座椅、毯子、小桌板、屏幕、扶手等一切觉得不放心的地方。机组人员会在旅客落座后发一张纸质的健康申明表，要求如实填报好。飞行期间由于疫情影响餐食都是小零食，发的纸盒子里面有一条德芙、一包小饼干、一个小面包、一个苹果外加一袋猪肉脯和一瓶矿泉水。英国时间 12：16 左右起飞北京时间第二天早上 7：02 到达，飞行期间一共测量了三次体温，小姐姐很温柔地轻轻把我叫醒让我抬抬帽檐。在全程戴着口罩、帽子、护目镜和手套睡觉的飞行途中，虽然期间没有去过厕所，但也不会有当初想的那么难受，以至让自己觉得非常担心，虽然以前每次飞国际长途都必须得去三四次厕所，但很大一部分原因是因为坐的时间太久想让自己活动一下。如果登机前做好了这些准备，飞行全程一直睡觉，少喝几口水，十几个小时不上厕所是可以的，就像周六日睡懒觉，一睡也差不多十来个小时不醒，所以不要给自己太大的心理负担，考虑的太过严重和可怕。

落地以后就等检疫人员到达，大概只等了三四十分钟，然后按舱位由前至后的顺序下机，由检疫人员负责一批批领走。所有人必须拿着护照和填好的健康申明表“过五关”（我自己起的奇怪名字），第一步就是工作人员会询问你申明表上的信息是否属实，问你身体情况，无误后会给你的护照和申明表上贴黄标（浦东机场的无异样标示是黄标）；第二步工作人员会复印你的申明表——一式两份；第三步要过面部识别机器，这里需要脱下帽子、眼镜、口罩，机器识别成功后工作人员会很温柔地提醒你戴好口罩；第四步交申明表，工作人员还和我用可爱的上海调调打趣地说“唉呦，这回回来的女生好多得嘞”；第五步就是过海关，排队的时候看到中国国旗挂在墙上，提示牌上写着中国边检。那种心情真的难以忘怀，就像同学们在群里说的那样：“飞中国就好，飞哪里已经不重要了。”那种踏实感和安全感是其他的什么都给不了的。过关的时候边检人员还和我聊“你机票什么价格呀，唉呀呀呀算便宜啦，他们买的都好贵啊，不过没事啦。贵啊便宜啊的，总之回来就好了。回家了就好。”当时听完这句话护目镜上马上就起雾了。

过完边检，工作人员会让你扫二维码填写入境旅客信息登记，填写完毕后会让你到中转入口排队。记得当时我在北京时间早上 9：25 左右出关，买的是 15：05 在虹桥机场转机的机票，工作人员说可能会来不及所以让我改票，一直不让我进中转入口，我就只好在旁边等着询问结果边想其他办法，后来等了四十分钟左右地勤人员可能觉得中转入口那个地方堆积的旅客太多了，就都放行到更宽的场地进行登记和上报，我也就被工作人员提醒进去边填信息边等了。所有旅客都要到 31 号行李转盘排队，等着填中转旅客信息登记表，然后将表格和护照一起交给工作人员，他们会把信息上报然后把不同中转地点的旅客的证件分放在不同盒子里，所有旅客就在旁边等着，看工作人员什么时候安排好转运的车和押送人员，这个过程耗时特别久，有的旅客可能要等七八个小时，也有一些比较快可能等四五个小时就可以了，很多旅客会因为不清楚政策和等待时长而和工作人员起争执，但真心希望大家互相理解，机场的工作人员只安排一个航班下来的旅客就要平均八个来小时，一天那么多的航班他们真的是不吃不喝一直挺着工作，所以真的要心平气和。他们不放你走不是因为针对个别人，真的是因为这样的情势下没有人可以不尊重别人的生命健康安全为代价而疏忽大意，他们只是工作人员，他们也只是在完成工作而已。过去了大概几个小时左右，我终于坐上了去往虹桥机场的押运车，由专门的押送人员领着进去，然后放在隔离带里面等着航空公司的人来认领旅客，登机前需要填写中转旅客信息表，检测体温检票登机。飞机落地后，境外回国人员被要求先下机检测体温，然后坐在车上被带到机场的另一个楼里，等着隔离点的车来接，走之前还要填写入境旅客信息登记表。北京时间的八点多到达隔离点，全身消毒后在前台填写全部旅程信息办理入住。20：40 我终于在经历了三十多个小时的跋涉后踏实地坐在了酒店的床上，吃了空着肚子三十多个小时后的第一口饭，能不用憋着气地喝了一大瓶水。

经历过这次的旅程后我也总结了几点经验：

第一，能不带托运行李就不要带。我当时只带了一个登机箱和一个双肩包，装了整整一登机箱的书和一书包的口罩、吃的、消毒用品、手机、电脑等必备的东西，身外之物这个时候没有那么重要，保护好自己健康的回家才是当务之急。托运行李会增加你的负担，并且如果托运不到位也会增加你本来就很麻烦的旅程的难度。

第二，一定要在登机前吃饱喝足。因为在飞机上实在不允许我们像往常那样进食，落地后人又非常的多，卫生情况实在不太让人放心大胆地摘掉口罩吃东西喝水，所以一定要在登机前填饱肚子。

第三，在手上多戴几层手套。擦完东西或者接触了什么地方觉得不放心就摘下一层，比较方便快捷。保证手的干净，不要碰脸和眼周。虽然我也不知道为什么到了酒店以后发现手上被划了五六个口子，路上也没觉得疼，手套也没发现破了。

第四，带吸管喝水。只拎起来口罩下面把吸管伸进去喝水，一定要比把口罩摘掉喝水安全得多，暴露肌肤少。这样做的安全系数会更高一些。

第五，买一个 100 毫升的小喷瓶装上含氯消毒液，带上含氯的消毒湿巾（或酒精棉片）。我带着这些是允许上飞机的，这些就装在口袋里，觉得有哪里担心不干净就喷擦消毒。

第六，携带登机的行李如情况允许可以用大的垃圾袋或保鲜膜包好，随身携带的电子设备、充电宝等用塑料袋装好。安检后将塑料袋扔掉并摘掉一层手套。因为安检的时候行李筐是所有旅客都会触摸的，你根本不知道上几个碰它的人都是谁，会不会携带病毒，所以小心谨慎点还是好的。

第七，带一些小块又抗饿的食物。比如小的士力架、能量棒、代餐饼干等可以一下塞到嘴的东西。

第八，去卫生间一定要记得消毒，门把手、冲水按钮、马桶和卷纸的盒子并且尽量不要触碰马桶圈，因为希思罗机场只有坐便没有蹲便。

最后，心平气和，冷静理性地进行每一步流程，记得和所有工作人员大声说谢谢。强调大声不仅是因为他们戴着口罩，穿着防护服可能会听不清你在说什么，更因为他们的辛苦和付出值得被大声感谢。

回想起 2 月初的时候，我们才开学不到一个月，那个时候疫情在国内蔓延，每天睡醒睁眼第一件事就是隔着时差打开手机新闻看各个城市的情况，当整个微博热搜都在被新增确诊病例的数据铺天盖地席卷的时候，当家家户户的每一个人都按照规定听话地把家门紧闭的时候，每一个省份甚至每一个城市的援鄂医疗队是那个时候心里虽住着害怕却依旧奋不顾身大步向前的逆行者，他们身体力行地去把每一个地方希望的火柴划亮，用学识用血泪用精神甚至用生命。如果回过头来用鲁迅先生的那段“愿中国青年都摆脱冷气，只是向上走，不必听自暴自弃者流的话。能做事的做事，能发声的发声。有一分热，发一分光。就令萤火一般，也可以在黑暗里发一点光，不必等候炬火”来形容他们的话，那他们本身就是这凡世里的光吧。但也许我们根本找不到适配的词句来形容他们，因为生命本就是第一，而他们是冒着将自己的生命安危置之度外的危险，而奋力把别人的生命从濒临深渊拉回春天的人。他们给世界留下了黑白的背影，可被他们拼命从死神手里抢回的生命就是他们依旧留在这绚烂世界里的最好证明。冬天走了，现在也终究会在未来的日子里成为时间长河中的历史。可当往后的每一个春天再到来时，一定会有无数人默默想起，正是因为当年有那些逆行者用自己的生命划开了国家和人民前行的路，我们才能有底气相信那句：没有哪个冬天不能被逾越。所谓“苟利国家生死以，岂因祸福避趋之”也大概不过如此吧。但阴阳必定两隔，好坏必定相生相伴，在全网哀悼李文亮、刘志明等为疫情而献出生命的医护工作者的时候，也有全网齐刷刷一片地对某些人投去骂声和讽刺的声音，或许许多人的阴暗与恶是用眼睛无法看到尽头的深渊谷底，但光永远可以照亮世界上的每一个边角，当它倾泻在人世间的时候每一个地方的痕迹都会回归温热与透亮。灰暗的确存在但正义也永远不会缺席。大家都说这届网友真的很刚，但最希望的还是这数以亿计的青年人们同时拥有着辩证能力，不被裹挟，懂得坚守，有着刚正不阿的本心也有着可以坚守正道的本事，希望我们几十年后依旧能记得自己当初的那一份正义感和使命感。

我们总说人类命运共同体，天灾人祸面前就是对这句话最真实的证明，世界上的每一个生命都是平等的，病毒不会“看人的身份下菜碟”，它不会因为你是首相就不侵蚀你也不会因为你是平民百姓就针对你，但它会“看人的行为下菜碟”，如果还是在疫情极速扩散的情况下跑马拉松、看千人演唱会的话……病毒不会为你的不屑买单。我们活在同一个地球上，每一个国家每一个地区之间没有围墙般不透气的阻隔。做好防护，提高整个国家的执行力不仅仅是为了保障一个国家的人民，更是为全世界的人负责。我们每一个人都应该把全人类共同的责任和自己的生命关联在一起，这真的不是想得太多或看得过远，而是有因必有果，如若我们不尊重人类社会和自然法则，那人类终究有一天会自食其果。

记得很久之前刷视频分享网站的时候就看过比尔·盖茨的一次发言，他说当他还是个孩子的那个年代，人们最担心的是核战争，他们会在地下室用筒储存大米等粮食，等到如果有一天战争爆发他们就躲到地下室里抱着铁筒维生。但记得最清楚的是他说："如果有什么东西可以在未来几十年里杀掉上千万人的话，那很有可能是具有高度传染性的病毒，而不是战争。"而如今的事实也真实地证明了他的话，最可怕的或许不是巨大的导弹，而是肉眼无法可见的微生物。如今在身处疫情蔓延开来的情势下，再回看比尔·盖茨当年的话，会觉得他的每一句都真真切切地扎在现在这个时刻的人们的心上。在面对疫情防控的时候，人类的问题不在于没有一套可以使用的系统，而是在于根本没有建立任何系统。首先，我们找不到一群已经准备好了的流行病学家可以去疫区观察病理和疫情发展，病例都是由媒体报道来的，而媒体信息的时效性也大打折扣。其次，我们没有一套让人严阵以待的方法，虽然对于无国界医生的动员做了很大的努力但调动数以千万计的医生的速度还是差强人意。最后，我们并没有及时研发出可行的诊治方法可以在第一时间进行救治。而这些，是比尔·盖茨所说的"global failure（全球性错误）"而不是仅仅一国之过。

现如今的科学技术发展水平足以支撑我们在很早之前就做好准备，但所有的技术、方法和工具都必须集中统合才可以为全人类服务。这需要我们时时刻刻做好万全的准备，而不是大难临头才知道悔不当初。就如同军队有军事演习、军事戒备，对于病毒的防控和犹如防控生化危机一般的戒备也同样需要这样的一批人严阵以待，我们无法精准把握微生物的脾气秉性，就如同我们也无法预测未来到底会不会出现现实版的生化危机一样，但希望到时候也有如同好莱坞大片中走路带风、时刻准备着的科学博士们可以挥动披风就带来和平。最后，我想比尔当年的建议对如今依旧适用："第一，在贫穷的国家建立发达的卫生系统。我们可以在很早的阶段就侦察到疫情的爆发。第二，我们需要后备的医疗部队，很多训练有素的专业人员可以随时准备好带着自己的专业技能去疫区。这里说的不是医疗团队，而是医疗部队，要利用军队行动迅速，整齐划一的特性配合专业医疗技能，并能保障后勤。第三，如同军事演习，我们也需要病毒演习以便随时'查漏补缺'。第四，我们在疫苗和病理学上还有很多的研发工作要做，这真的刻不容缓。"

仔细想一想，如果说当年的非典和埃博拉病毒有什么正面影响的话，那可能就是它们在不断为人类拉响警钟，提醒着这群反射弧过长的人类需要为此提起注意。但人的劣根性终究还是"记吃不记打"，会很快淡忘吃过的亏挨过的教训，似乎拥有金鱼般的记忆，且不爱以历史视角思考。钟南山先生在很多年前就说过，如果人们不注意，当年的非典可能会卷土重来。在抗击疫情这样没有硝烟的战场里，我们祖国有许许多多的医疗队和"逆行者"，也有令人敬佩的钟南山先生，一位八十多岁的老爷子拿着那张让多少人落泪的"无座车票"，冒着生命危险去疫区指挥调度，用流利的英语和欧洲呼吸学会候任主席通话指导，他不仅为中国做出了太大的贡献也同样真切的写实了世界公民的责任担当。反观一些国家以群体免疫为"政策"牺牲掉太多人民的生命为代价和全球经济三万多亿美元的损失来说，早一些的准备和汲取历史教训是不是比起这些更加划算呢？

疫情时期，感觉自己的洁癖都被唤醒了，看哪里都觉得脏看哪里都觉得不放心想消毒，每天不闻到酒精和消毒水的味道都不踏实。虽然，我们要认清事实但内心也不要焦虑和慌乱。用冷静和智慧解决问题，而不是用情绪宣泄去让自己心理上的负担更重。问题来临，生活也依旧要继续，正常的生活来之不易，摘掉口罩去看外面的花和树，和思念已久的人好好拥抱亲吻在一起是被我们期待又期待着太久了的。没有哪个冬天不能被逾越，春天也一定在该来的时候如约而至。值得的东西永远值得被等待，我们要相信且坚信着真理，同时乐观理性地面对生活。疫情摆在那里，可生活还是要继续，日升月落时间依旧不会停止转动，但我们还是得全力以赴按部就班的好好活，让自己的日子对自己有交代。

我期待着有一天技术与工具可以统合在一个全球健康系统机制下，基于世界现状而为全人类服务。期待着全球健康的平衡发展，也期待世界公民可以打开自己的心胸和眼界将自己置于在世界环境中看待问题。期待着期待，同时也要有胆量和真才实学去做些什么。

所谓多难兴邦，那中华上下五千年历史和十四亿中国人便是兴盛的最坚实理由和基石吧。

准备下楼做小区核酸检测志愿者了，再最后感慨一句吧——隆冬挺短的，再踏出门去就是该闻桃花抓柳絮的季节了，日子还是温温热热的，一切都会好起来的。

2020 年 4 月

艺术绝非另类

走进艺术馆，我们常常发出“是不是艺术就是让人看不懂”的感叹。也常想这一方空间为什么会被定义为艺术馆呢？难道只是因为它的空间内放置了艺术作品，布景环境有艺术效果吗？或许不止于此吧，它的艺术含义应不仅仅包含画作、雕塑的作者所给予展品的各个维度的意义和价值，也包含每一个在它面前驻足、凝视过的人所产生的思考和疑惑，所进而带来的沉静、平和的空间氛围。正因为有了人的不解、思考和感受，艺术的展示才有了更接地气、更生活化的意义和作用，当观者将艺术从不接近生活的神坛上拉下来的时候，艺术作品才成了推动人们对真实生活向往和对作者情感态度理解的实体，成为可视化和可触碰到的东西，也让这许许多多为艺术驻足凝望过的人们有了对不同美丑和不同作品更为广博的包容度，更高的理解度。

艺术和人是互相的成全。

2019 年 11 月 10 日

拾捌

左　耳

手机里的 QQ 音乐总会按顺序播放到 McLean 的 Vincent。但每次都觉得好像太过伤感，就跳过它放下一首。

记得好久之前看《凡・高手稿》的时候就觉得这书真的是没办法一下子看完。太过沉重到让人压抑，稀奇古怪又让人觉得残忍，残忍到能让现世安稳的人与百年前毫不相干的天才的痛苦与困境共通。原以为那是一个为画而生的神经病，极度消极与疯狂。可看来，却是无限热烈与真诚。

这个人深刻而敏感，这个人是真的热爱着他的热爱以至付出全部甚至理智。他热爱画，热爱艺术，热爱这个他眼中一尘不染的世界。怀着深沉的期盼与执拗的善良张开怀抱，拥抱这个给了他天赋和热情却不给他希望的宇宙。

即便这现实生活予他不公，可他依旧真诚地爱着每一个细小的事物。甚至让人觉得，只要是这世界存在的他都喜欢。在他极美好的世界里，他只属于绘画，属于艺术，属于那片金黄的麦田和飞过群鸦的天空。他说所有他在绘画中想要得到的，只是熬过这一生的方式。

他说过很多名言。很多话都值得被记录。比如:“人的灵魂里都有一团火，却没有人去那儿取暖，路过的人只能看到烟囱上的淡淡青烟，然后继续赶他们的路。”还比如：“我们生来就是孤独。”

他说他喜欢广袤的平原，一无所有但却无限永恒，有生命栖息。除此之外，他想用他的画作来表达一个怪人，一个无名之辈心里的所思所念。

他对生命和画作都全力以赴。

“Vincent（文森特 · 凡高），这世界从来没有你想象的那么美。”

2021 年 1 月 22 日

分　体

很多轻生的人在反过头来以后都会说，自己不应该那么轻率的了断自己，也没有权利剥夺父母给予的生命。

在我的意识里，我的生命和我仿佛是要分开来看的。生命的的确确是老天赐予你的，是父母给予的没有错。但因为情绪和外界的声音所导致的影响是强加于你思想之上的，为什么要用思想的错来惩罚你的肉体呢。这对肉体是否又是公平的呢？那是不是等某一日若能使外加在肉体之上的痛发作，我们也能妄自了断了自己的思想呢。

或许世间想法各异，思想在某种程度上大于生命本身，而生命也维系着思想的存在。但我们所常说的人要客观看待一切的这个大道理中也该包括一个叫作“客观看待自己以及自己身体的每一个分支”的部分。

2020 年 5 月 19 日

她

当班里那个母语说着俄语，在大庭广众之下大笑着说出“My girlfriend is my property，”（我的女朋友是我的私有财产）的男生趾高气扬的和班里那些其他的外国男生，在同学们面前毫不顾忌地讨论着女生在这个社会里的存在没什么显眼的价值，当我的反驳被带着挑衅意味地被嘲笑“中华田园女权吗？”的时候。当许许多多的女生在各行各业、各国各地遭遇不平等对待的时候……

每每出现很多这样或那样的，与女性权益保护有关的社会问题的时候，我都会在心里越来越坚定我在personal statement（个人陈述）里写的话：“My ultimate ambition is to work for the UN, either representing women at UNCSW, or protecting the rights and interests of children at UNICEF. I firmly believe my course of study will enable me to work towards improving the education of children in remote areas, safeguarding women's rights and interests, and truly realizing gender equality.（我希望可以在联合国为全世界服务，要么在联合国妇女地位委员会代表妇女，要么在联合国儿童基金会保护儿童的权益。我坚信，通过我的学习，我能够为改善边远地区儿童的教育、保障妇女权益、真正实现性别平等而努力）”——保护女性权利真正实现男女平等。我知道这条路还太长太长，这不是仅仅一个国家和一个民族的问题，这是存在于全人类乃至全世界的定式思维里最大的误区：女性天生就是谁的谁。

看到春蕾计划未改之前的简介，我心里一震。凭什么女孩天生就要成为母亲，就只能成为母亲。难道春蕾计划帮助女孩就只为了让她以后成为一个母亲？我们不能否认母亲的伟大，也应赞同人类社会需要繁衍生息的基础法则，我们每一个人都要感谢自己的妈妈把自己养育成人。但每一个女孩子都有自己选择自己身份和生活的权利，女性的理想状态应该是她们可以选择成为任何她们想成为的人，她们可以不被束缚的成就她们自己的理想和事业，而如果她们愿意当然也可以选择成为一个很棒的母亲。但前提是，她们应该拥有可以走出去领略世界、拥有开阔眼界和思想的权利，拥有被平等对待、理解、尊重的基础。如果连现在的中国少年儿童基金会都认为：今天的女童，是未来的母亲。那为什么在这个时代，那么多正当年龄、理应生儿育女的女人会因为害怕在孕后被自己的单位和事业“抛弃”而不敢怀孕甚至不敢结婚？挺着九个月大的孕肚在放满电脑和手机的办公室里拼命，甚至工作到进产房的前一刻——难道女孩的人生职责只是怀孕吗？那如果这样，怀孕的女人有什么错吗，她们为什么要在顶着工作与家庭的双重压力下，被别人用站在虚伪的道德制高点上的所谓道德观念压榨，在被无数参数证明了实力与能力后仅仅因为怀了个孕就被裁员，当代社会这样的现象又为什么屡禁不止呢？

女孩天生就有无穷的力量。她们不必成为谁的谁，她们也不是这个世界上任何人的附属品。她们就是她们自己，她们有权利也有能力成为任何她们想成为的人。她们和更好的她们之间还有无限的可能和选择。

当有一天，每一个国家都可以正视女性的力量。当每一个女孩子都可以健康自信地长大，享受自己应有的权益。当我们不用再思考如何实现男女平等的时候。

平权与平等的理想才可以被真正实现。

2020 年 3 月 8 日

聊天记录

我们有时候的一小点点的不自信其实不是人与人比较产生的，而是我们在拿自己的能力和我们要面对的事情之间做比较，在想我们的能力有没有可能承担这个事情，有没有可能完满地做好它。终其还是自己在面对新的环境和人群之后想要对自我有更高的期望。不过完成对自我的期望也需要时间和精力。归到小部分，就是每个人都有自己进步的步速，但步速也还是要调到最高频次。

压力其实来自各个方面。我们需要向更好的人学习，但也不要轻易否定自己，我们可以把它叫作对自我要求的跃进和对更好自己的思考，但和认为自己垃圾确实没半毛钱关系。一件事开始时间的早晚不能代表质量的高低，别人那么做也许是因为很有眼光，也可能因为他们有很多空闲时间需要找点事做。所以不必被别人的打算而影响了自己的规划和生活。就像学生时代考试的时候，翻卷子的速度代表不了分数的高低，举个生动的例子就是这和一些学生并不会做题但会坐在考场里哗哗翻卷子吓唬人差不多。

发现自己的不足并积极改变是好的，不过直面自己的情绪并巧妙地化解，让情绪快速过去，让平静来得快一些，也是我们要好好练就的本事。世事洞明是很难却有作用的事。要相信你已经很棒了，但和更棒的你之间还有无限的空间可以去想象和努力。

清楚自己的不足，然后低下头踏实前进。但低头和怀疑没有关系，因为你手里现在正在抓住的是很多人没有的，拥有一点其他的什么都是锦上添花的效果。所以要坚信自己的好，对此永远不要怀疑。你内心的力量是别人无法后天学来的，这叫资本，有了这个就是打破一切的工具。要有干劲儿的活，但不偏颇。

早点睡吧，闭眼以后不要再在脑子里揣摩自己的“凤毛麟角”的不足和感觉丢人的点了。做好当下的每一个小事并专注于它才是进步的开始。

比如现在，你得对睡觉给予足够的尊重，它才会给你安心的好梦。

晚安。

2020 年 1 月 4 日

四月天

凌晨的三点二十五分，我正在那个离你千万里之外的地方一点点向你靠近。

天空之上、云层之外，远的连群山都看不见，望着橙黄色的日落黄昏，人就仿佛装在机舱里被投进了一个大大的橘子味糖果罐。

满是甜蜜。

回家的路途就是要带着满满的甜蜜和期盼。

要是该找一个词来形容四月的话，太难了。可以用万物复苏、春花烂漫，或者百花盛开、春意盎然……用什么都不为过，可用什么又都概括不了。这样的感觉，就好像是我们勾着手走在那条柳叶荫蔽的小路上，阳光暖暖的洒在身上，我们说着过往的快乐和烦恼，又盼想着未来的生活和故事，要是该找一个词来形容那种感觉的话，也太难了。可以用温暖、快意，或者幸福、明朗……用什么都不为过，可用什么都无法概括——

是在独自一人的千里之外想一想都会踏实的满足感，是偶遇美景都会想迫不及待分享的急切感，是心里有话想说就会第一时间拨通电话的信任感……是所有感受叠加在一起留下的亲切和温暖，是绝对独立，相对依赖。

如果絮絮叨叨地说那些从我和你变成我们的过程里的诸多感受和记忆点，用多少个标点符号都隔不开那一个个句子。但如果把打开方式变成 Soul mate（心灵伴侣），那就好像不需要什么词词句句的叠积都能如同心灵相通般理解和明白。是三百多天以前的那个四月，我们为了同一个热爱的东西而忙碌不堪，每天累得好像连走路的腿都像灌了铅，那天晚上我们躺在一个床上从晚上十一点多聊到凌晨五点，看着月亮爬上窗台，再看太阳刚刚抬起睡眼。好像爬起来看表的时候都不知道我们居然还可以说这么多的话，也不知道这么多的话里居然有那么多的事都成了默契的碰撞和火花。

我们在一起总有火花，总有很多就算许多年后被提起也值得骄傲的记忆。这是那七个人在一起才有的默契和动力，是在一个充满压力和紧迫的环境下不管怎么样都要做到最好的执念和完成小小梦想的兴奋与激动，也是我们再在很久以后见面还会聊起的精彩回忆。

当然，和你一起拉着手跑回宿舍、跑去教室的每一个夜晚与清晨都是我现在睡不着觉的时候会回想起来的画面。就像三百多天前的这个时候我说的一样，我常常和你在一起，在学校的时光我除了睡觉几乎都和你在一起，我说的话你懂，你的感受我明白……这是想一想都会被拿来回味的记忆。

十七八岁的美好年纪有美好的人互相惦念，多值得感动。

可惜现在你身边没有了我叨叨，但还好你给我写的那一张张的大纸条可以陪伴我度过每一个想你的瞬间，这样就也算作彼此陪伴了吧。当然，那个“双关约定”还是要被刻在脑子里的，我们要“咬牙切齿”把它实现，然后再一起彼此嘲笑着走下去。

另外我们视频时候的截图请你存好，不要把我的黑历史“公之于众”，小心我隐藏起我做饭的手艺……

北岛的《波兰来客》我看了好多次，好像每一次都会引发人的感慨，我又没有到而立之年，又没有经过不惑的无奈和为生活的奔波，我怎么会深刻地明白呢？我不会明了的明白那些生活中的道理，但没吃过猪肉还没见过猪跑吗？想看那些愁容大街上全是。可最容易被文艺小青年们引用的这句“话说回来了，那时我们有梦，关于文学，关于爱情，关于穿越世界的旅行。如今我们深夜饮酒，杯子碰到一起，都是梦破碎的声音。”也的确值得被感慨。而我们呢，“能够身处漏洞百出的生活而依旧为此感到骄傲”的资本和条件是敢于努力，而不是青春，青春来不及用来年少轻狂成疯成魔，因为青春时光就一次，所以要好好过。希望那句常常被拿来引用的话不会成为我们的以后，要成为也成为杯子碰到一起都是坚定于自己理想的笑声和谈话声，是梦想成真的声音，可梦想哪有那么轻易就能实现，能轻易实现的怎么还算梦想，梦想实现了一个还有许多其他梦想等着你。

写啊写，心里的话越写越多，脑子里蹦出的各种片段越来越层出不穷。好像也是时候该睡会了，毕竟再不睡笔都要没墨了。

我们互相对彼此表达着自己，我们的话题总是大过于生活甚至跨向外太空的边界，脑子里有那么多稀奇古怪的想法和灵感，别人看不到摸不到也感觉不到，但我们目光相对就会明白那些所谓的根源。

好了，还有很多很多话等着和你当面说。

你的生日我要祝我们都更有力量，更加果断。

2019 年 4 月 18 日

拾捌

又是一年四月天

在离你生日还有将近二十天的时候，我就已经迫不及待地开始计划着要怎么给你这个巨大的“人肉”礼物了。从3月19日凌晨回复你的那条微信开始，一直到4月18日中午开车走在去见你的路上。中间跨过了好似现实版敦刻尔克大撤退般的日子，从3月18日中午知道抢到了3月20日回国的机票，到不能合眼的用一天半装箱搬家，再到19日我站在一片狼藉里看到你的微信，一屁股坐在箱子上，因为紧张而大哭的眼泪一下子被遏住的时候，我只想赶快回去抱抱你。从裹着防护服和护目镜兜兜转转了三十多个小时后终于坐在了隔离点的床上，再到4月18日我过完了十四天的集体隔离两次核酸检测加十四天的居家隔离后，终于健健康康平平安安地站在你面前。虽然中间几度都很想要给你发微信，但为了不让你知道我回来，为了偷偷给你准备惊喜，我只好一忍再忍，甚至为了把戏做足连你的微信都不敢大段地回复。

为了这个惊喜顺利且没有一点差错地好好出现在你面前，我不仅联合了老肖、大蓝帮我密谋还借用了我妈来做障眼法，而这出有些让人心惊胆战的惊喜剧目，竟几度都让我自己感觉激动和幸福。好像在给别人准备惊喜的过程中，想着她或许会因此而同样感到开心和满足，心里就会充满无限的期待和喜悦。希望这个大大的生日惊喜没有变成惊恐呀，这么一个跨越时区隔了八小时时差，远隔千万里之外的人一下子就跳到你的面前，想举着蛋糕和画给你的画给你个大大的拥抱。

都说见字如面，这个年代很少还会有人用手写的信件表达思念和爱，让信封盛着溢满纸张的心里话，经过同样的兜兜转转送到那个人面前。所有的心思都等在被开封的那一刻倾泻而出，好像千百个词词句句就立在你面前，告诉你那个写信的人一直在想你。都说想念一个人好像是看什么都像她，看什么都会想起她，好像望着站在窗外的桃和柳，枝叶被风一吹就仿佛连带着我每一丝想和你分享的急切心情一起晃动着。而那些诗化又理想的爱和惦念，怎么也比不上真切的奔赴，比不上相见，更比不上就那么站在你面前给你拥抱，就好像几个月前你站在机场的闸口外送我离开一样，虽然时间那么短我们没能像以前一样躺在一起彻夜聊天到天亮，但能真切的拥抱说再见的感觉，特别特别好。回过头就有你在的感觉特别特别好。我们也真实地证明了那句“当你还囿于山高水远道阻且长，有人已经披星戴月地去见他了”。而我也在曲折跋涉过千万里之后，好好地来见你了。

翻着手机相册里你写给我的文章和我们的合影，读着微信里的聊天记录和我写给你的信。要说思想火花的碰撞已经完完全全浸润了我们的友谊或许有点太大，但每次的畅谈都确是能被记录在册的值得。若说是灵魂相知的至交感觉有些老气的话，那我们互相懂得彼此内心的声音做知彼知己的密友是不是也可以概述我们的感情呢。或许还是太笼统吧，但你知道我爱你我也知道你爱我就是很肉麻但很幸福的回答了。

我们探讨过自我怀疑的纠结，质疑过自己是否真正达到了内心的自我要求。聊着独立人格和体恤式的温柔，互相看着对方身上的优点和好，享受着在一起时单纯思考的安静和快乐。因为开校内会时候的会费争执过，因为被各种压力砸来抱在一起哭过。向对方袒露着生活里的秘密和各种对自己来说重要的大事，也表达着对彼此的爱和支持。若说君子之交淡如水，那我们这浓烈且葆有相互独立的交情该是怎样的窝心呢。少见面却丝毫不缺少有效沟通，再久不见也依旧如同当年拉着手一起往教室飞奔的模样那般亲切和熟悉。

掰着手指头数数，我也四五年没在家过过生日了，过了四五年没有蛋糕只有考试的生日，也让我觉得生日对我不再那么重要了。可对我身边的人的生日来说却不是，那是对我很特别的日子，是我终于可以找到合适的机会对你们表达些什么的日子，是感谢这世间美好——生命在冥冥之中把家人和朋友带到我身边的日子。而且最重要的还是那些留在生活中小小的惊喜和美好，是可以留在心里，让我们在难过和委屈的时候拿出来温暖自己的东西，是想起来会感觉快乐的东西。所以我真的好喜欢给我喜欢的人制造些可爱的记忆，让那些快乐可以留藏在心里的小盒子里，不开心的时候便拿出来瞧一瞧就又会充满小小的动力。希望即便这生活狗血我们也能一直有动力保持热爱。

我们还有好多好多话可以说，还有好多好多事可以去做。生活中好像也从未有任何一个时段，是让我感觉到有想去见一个人就要立马去见的冲动，能好好拥抱畅聊的日子越来越值得被珍惜和收藏。你说想做一颗有棱有角的星，希望你不管在以后的多少年月都可以照耀自己，总之可以在夜路里走得稳当在低沉时点亮希望，不管星光也好月光也罢，我们只要做自己的光就好。照着自己想走的路引领自己的脚步，做自己的灯塔，享受恰如其分的孤独和热烈就很好。

凌晨三点半看到一句话，特别想把它说给你听：“希望这份欢喜对你来说是一样的，希望你爱这个世界的缘由，算我一个。” 还有这世界的奇妙之处在于，给你做的榴梿鸡汤最好喝，和你一起熬过的夜最开心。我们就像现在这样长长久久的相爱下去吧。人间四月天，还有你，都是温温柔柔的样子。

我最喜欢四月也喜欢出生在四月的你。

2020 年 4 月 18 日

为象无形为音希声

追埃利亚松的展，从 2018 年 8 月红砖的《道隐无名》追到 2019 年 10 月 Tate Modern（泰特美术馆）的‘IN REAL LIFE（埃利亚松展览名）’，不知道算不算有始有终吧，但看到以前，吊挂在红砖展厅里的那个熟悉的金属半圆环，又出现在 Tate 的小展厅的地上，斜对角地放着撑满了整个房间——同样的镜面反射，却有了更多为了适应展厅而不一样的布展方式；从电梯一出门，就又是埃利亚松独爱的那个既刺眼又有点温暖调调的单频光，天花板上是和红砖展厅里《声音银河》几乎一模一样的不锈钢几何卤素灯；《聚合彩虹》的巨型水幕从红砖的环形变成了单扇；和红砖里《水钟摆》一样，埃利亚松又用频闪灯和水柱做出了一个“挑战手机极限”的东西，任怎么连拍都照不到它的高频闪现，看他的展确实容易被晃瞎；和《明日共鸣器与昨日共鸣器》差不多，他这次又用棱柱玻璃环和彩色滤光玻璃很完美地表现了“观众是这个作品重要的交流方式”这个理念——几个彩灯投射人们的影子到墙上，如果没有人经过，那面墙就是一面白墙没什么稀罕，但有了人就有了五彩斑斓的特别之处。

埃利亚松做展好像怎么也离不开“人”的体验和“可触及的”这两个宗旨，他在意“人”在这个空间能够和艺术品之间做哪些信息交流和自我体验，他希望让观众自己的身影出现在作品中，从而通过自己的眼睛和身体来参与到艺术其中，让作品表现出不同的艺术效果，“亲手”告诉他们：每个观众都是艺术的生产者。记得去年看他的埃利亚松文献区的时候，有一句话也听来戳人：“我希望通过展览强调观众的自主性，让他们成为艺术品的协同创造者，这也是对观众解读作品的尊重，而观众都是很聪明的。尤其是对于年轻人来说，让他们意识到自己能够成为艺术生产者是非常重要的。”

2018 年红砖的《道隐无名》是埃利亚松对艺术的思考和对东方园林空间感的呈现，展览的名字是他的朋友 Timothy Morton（蒂莫西·莫顿）对艺术的描述：‘The unspeakable openness of things.’翻译过来就是道隐无名，这句话也对埃利亚松有很大的触动——“艺术存在并超越语言范畴，在艺术作品形式形成之前，一些难以名状的感觉会进入艺术创作的过程，并成为作品的一部分，却难以被充分表达；同时，艺术作品本质上对观者是开放的，当观者在作品的引导下体验和发问时，它已准备好聆听他们的倾诉。”

2019 年 Tate Morden 的‘IN REAL LIFE’，他再次耳提面命，为人类生存环境担忧。他的创作媒介从雾、光、金属到苔藓、水汽、电波，每一个装置都说出了他想要表达的对大自然的关怀、对几何形状的分析与对世界的感知和形塑。他希望把观众彻底拉进他的展览里，让人们把装置艺术品和现实生活连结在一起。他希望用这种高度感知性来激发出一种人们共有的社会责任感，希望艺术能为美术馆之外的世界产生强烈影响。他的确对感官体验异常痴迷，尽管作品在形式上出奇的复杂，但呈现的意义却惊人的简单。总觉得埃利亚松有点像和尚出家修行的状态，关注的重点都是时空、自然、宇宙这些大而空的概念，喜欢用的也都是镜子、水、冰、雾等等，很多不存在、充满禅意或正在消逝的事物。他喜欢自然、梦境，更喜欢闪念。

“故其为物也则混成，为象也则无形，为音也则希声，为味也则无呈。”感觉把《老子指略》里的这句话作为对他展览的评价再合适不过了。

从 2018 年的红砖到 2019 年的 Tate Modern，艺术形式和时间地点无论如何变化，都离不开埃利亚松最钟爱的那句“我们每个人都不是这个世界的局外人”。

2019 年 10 月 20 日

猪生幸福

所谓猪生的意思应该就和人生一样，但应该是要比人生可爱一些，要不也就没什么区别了。

在我以前收到过的那些小卡片里不少都带着小粉猪的图案，翻过来的字迹里总结出的主旨大意就是：我真的是他们见过的最喜欢猪的人了。

其实我也不是多喜欢这个动物，只是被动画里修饰出的猪的形象蒙蔽了感官，久而久之便觉得猪是憨厚可爱的代名词，又觉得爸爸如此，就自然而然地把这个亲切的代号安在了爸爸头上。如果你在我十三四岁的时候认识我，那你一定常常听到“我家小猪猪”这句话，如果你是我十三四岁的时候的好朋友，那你见到我爸爸的时候肯定会亲切地喊他“小猪猪叔叔”。小猪猪——这是一个不能多一个字也不能少一个字的爱称：多一个字显得哆嗦，少一个字又没那么亲切可爱，但如果少两个字的话，那可不行，听起来像是损人了呢。

他是一个帅气聪明且着急起来动作极其灵敏的人（注意这里是着急起来），看似与猪的特性一点也不符，但之所以小时候称他为“小猪猪”可能是因为在我心里他的可爱远大过于他身上的其他特点吧。

不过也多亏了他，我的生活中才总会充满了乐趣和幸福。

一

小学四五六年级那会儿，同学们都是留在学校写完作业才被接回家，早早就写完作业的同学和晚走的同学总是凑在一起踢球。不过为了安全起见，老师也总会“恰到好处”地收走班里那群男生们的宝贝足球。但好像小时候就是什么也阻拦不住男孩子们那颗好动的心，每当老师把他们桌子底下的足球抱走的时候，你就会发现你桌子上的数学草稿本莫名其妙的没了，班里突然多了很多很多的矿泉水瓶，体育老师办公室里的网球也找不到了，还有那个憨厚老实的男生的书包上全是土和泥巴……然后每当你发现自己的什么东西少了的时候去操场上找找准没错——只要是能踢的基本上就都会出现在他们的脚下：有把数学草稿本撕了团成的纸球、有喝完饮料之后再装一点水进去的水瓶子球，还有坏掉的网球，和那个倒霉男生的书包。而某一天我也突然被拉进了小饭桌踢球的队伍里，不过和那群“球迷”相比，我的作用就像打麻将里的三缺一——纯属为了凑数。

小时候巴不得可以暂时逃离那些作业、课外班，和同学们在一起跑跑跳跳，爸爸好像也是和我心有灵犀的理解着我，每次他来接我放学的时候都会静静地站在操场边的大梧桐树下等着，不催也不急。头上的粉色泡桐花总会飘下来落在他脚边，衬着傍晚夕阳那暖暖的光，无论温度还是心情都是刚刚好的状态。有时候球被踢到了他旁边，他还会姿势标准地帮忙传个球，也会因为得到了同学们“象征性”的夸奖而傻笑一下。虽然我也常“使坏”想把他拉过来一起玩，但很可惜都以失败告终，没能得逞。

夏天一过，天儿就慢慢冷了下来。在小时候还常常会下雪的冬天里，最幸福的事就是被分到挨着暖气的座位，但学校的旧暖气总是会不听话地往外“呲水”，而我总是那个中大奖的“倒霉蛋”，在冬天痛并快乐着。冬天的学校门口总有一个胖阿姨推着烤炉卖烤红薯和糖炒栗子，每当天气格外冷我还被旧暖气呲了一身水的时候，我的小猪猪就会在放学路上给我买一个热热的烤红薯当作安慰，还顺便会给当时正在看班的老师和我的好朋友们买上些。

算一算小学毕业都过去这么久了，每当再和老师同学们见面的时候，他们也少不了提起冬天爸爸给他们买烤红薯吃的这个“必备话题”，还笑着对我说：“你爸真是太实诚了，从来没见过有人送烤红薯的。”就算到了现在我也还是会在看到街边有烤红薯的时候走不动路，每次闻到烤红薯的甜甜香味儿，就习惯性地想起小时候爸爸揣着热乎乎的烤红薯接我放学的冬天。

二

“爸爸，吃完饭咱俩去超市买酸奶好不好。”

“要不等会吧，等你妈回来再去。”

“爸爸，你陪我去看水形物语吧。”

“不去。”

“为啥呀！去嘛……”

“哪能不带你妈。”

“诶诶诶爸爸！咱俩要不下楼接我妈吧！”

“走！”

是的没错，如果你说我是个摆设，我一点也不介意，因为我已经在心里无数次默认过这个标签。如果在我们仨一起出去的时候，你看见一个一会儿孤零零的大步流星往前走，一会儿被甩在后面三五米远还提着包的人，毋庸置疑那个人肯定是我——一个被满嘴“塞狗粮”还得拎包的小跟班。

记得几年前和妈妈一起去西塘古镇的时候，我们穿过古镇的酒吧街，在那个最热闹的酒吧对面找到了一个叫“猫的天空之城”的两层楼小店。一对夫妻和几个年轻人经营着这个有书、有明信片，还有各种咖啡的“小地方”。

我们坐在楼上的一个小旮旯里，面对面给爸爸写信。我说写完以后我们交换好不好，妈妈点点头。

到现在我都还记得我们伴着震耳欲聋的电音舞曲，在那个没一个人出声的安静小阁楼里对同一个人寄托爱、分享一切“有趣”和几天来不见的想念。

到现在我也记得我是看过她的信后如何的泪流满面，内容直到现在都能清楚的背出来。“她爸，十九年前的九月二十九日我们结婚，九二九，久而久，天长也好，地久也好，美好的祈愿，在柴米油盐，聚少离多中绵延，眨眼间，已是一十九年。不去把‘要久’当祈盼了，因为一抬眼似乎已经满头白发，相携终老就在眼前……而我，还和初恋时一样爱你，你的呆萌厚道，略带一点后知后觉，略带一点自我和狡黠，对了，还有你的味道。时空恍然间，浸透我的血脉与心田，成了我的一部分，是你的一部分。常觉生之过程艰辛但更美好，就是因为有你。嫁给你，是我一生的幸运与幸福，你看着我长大，是多么想一下就甜蜜的过程。她爸，一些时候我们在一起，一些时候我们不在一起，不在一起的时候，你在我心里。”

夜晚空气中弥漫着的酒吧的躁动与疯狂和我们丝毫无关。仿佛把自己置身在“想念”和“分享”的画面里，就可以两耳不闻窗外事。

而对于有关他们青春年少时候的那些记忆，他俩总是一提起就不约而同地满脸笑意，我也总好奇的求他们给我讲故事。

“我和你爸小学是邻班，你爸爸是特别干净、特别乖的那种男孩子，和那些淘气又脏乎乎的男孩子不一样。上初中的时候，我们俩被分在了一个班，我在第一排，你爸爸个子高就被分到了倒数第二排。因为他姓缪，所以被同学起了个外号叫猫。”

“你妈好像小时候就……就特不一样。放了学我们都得搞值日，人家别的同学都走了，就她，一直坐那儿不动，还假装特认真。小矮个儿还坐第一排，说让走她就跟没听见似的。我就往她身上扫土，她起来就骂我讨厌！”

“诶对，有一次我们班一个叫孙洋洋的男生，用从山上摘来的青杏打另一个同学，不小心就打到了我的眼镜上，然后我就觉得一阵剧痛，啊地叫了一声，反正听你爸说当时他是第一个冲到我身边的。”

据我爸这个反射弧极长且记性不是太好的人回忆道，他们后来的同学时光彼此也没有发生过什么冲突，记忆中甚至连话都没有再说过。直到工作以后他俩才在火车站的售票厅遇到。“那时候我几乎每周末除了值班和有统一行动外都要回爷爷奶奶家。记得当时排队买票，我在最前面，你妈排在队伍的后面，我当时穿着冬季的警用大衣，好像是职业习惯吧，习惯性的一回头就发现了你妈，但我当时也没有先打招呼，只是有一点点惊讶。因为从初中以后就再也没见过，又经过了高中大学很长时间也没有彼此的消息，在同一个城市的同一个地点突然见到，挺意外的。但猜到她肯定也是回家，就把她的车票也买了，然后走到队尾拍了一下她的脑袋，还是那种多年未见，但依旧熟悉的样子。我就跟你妈说：你的车票也买了，走吧。而那次和你妈的偶遇也就注定了她后来成为你妈。”

虽然我没在那个年代生活过，但也算是一个坐过绿皮火车的人。火车慢慢驶过的每一个站台、坐在小桌两边提起的每一件往事、彼此交换缺席彼此未知时间里的种种，还有望向窗外那一片一片的金黄油菜花田和连绵的远山——那是想想都觉得美好的画面。

如果你想听他们俩的儿时故事，那肯定几天几夜都听不完。时光给他们共同挺过年轻时候那些艰难日子和曲折经历的最大褒奖，就是温暖与甜蜜浸润在了共同生活中的每一个片段里。

虽然妈妈总是吃我的醋，拷问爸爸“你更爱我还是更爱闺女”这个万年不变的话题，但“闺女”这两个字却总是爸爸一成不变且毫无“求生欲”的回答。纵然这个问题的回答总是如此，但综合生活琐事中的种种表现来看，我还是极其有自知之明地把自己定位在“配套设施”这个位置，从不逾矩。

是啊，他就是这样，一个纵使内心跌宕起伏嘴上也波澜不惊的人，一个不懂浪漫却把“相携终老”摆在眼前的人。记得上小学时候的某个情人节，我“撺掇”爸爸给妈妈送礼物，眼里满是期待的目光，想知道爸爸会送什么，妈妈会是什么样的表现，可望见桌子上那满满一大袋子缸炉烧饼的时候，我也不知道“五雷轰顶”这个词能不能准确形容我的感受。他说：“烧饼多实惠！我跟你妈谈恋爱的时候，总到家楼下喝羊汤吃烧饼。”他不爱表达，爱从不挂在嘴边，不擅浪漫却在做着每一个可以表达爱的小事，平淡却绵长。

三

“我跟你说啊！你要是再敢拿别的同学的东西我就叫妙妙爸爸来抓你，妙妙爸爸是专门惩罚不听话的小朋友的。”

这是我的小学班主任对我们班一个淘气男生吓唬般的警告。虽知道爸爸离得那么远根本不可能过来抓他，但还是在心里默默地骄傲了一下——爸爸原来是这么的厉害。

可小时，我对他并不是有多了解。我幼儿园和小学一二年级的时候，爸爸还因为工作的关系离我们很远，虽然总会过来看我们，但还是觉得距离使一切变得陌生了起来。有一年新年爸爸往我的学校门卫寄了一张红色的贺卡，我特别开心地抱着它看了很久，后座的女孩看着我问道：哦！你有爸爸吗？看似不经意的一个问题却把我小时候的心理防线全部击溃了：“我当然有！我爸爸是全世界最好的爸爸！他要工作，他很辛苦很厉害，所以他才不在我身边的！”

后来和爸爸聊起为什么当初会当警察的这个话题，他也说：“你知道我小时候一直是很胆小的，一直到当了警察以后，可能跟职业有很大的关系，不得不面对生死，面对犯罪，面对社会的阴暗面，所以那些年里，胆子就越来越大了，而且稍微外向一些。但性格里骨子里的很多东西，可能还是离不开自己的。”

但每每提起他的胆子变得越来越大越来越坚强的时候，我都会毫不犹豫地嘲笑他。那时候他血糖有点高，需要打胰岛素针，中午是肚皮注射，晚上是屁股注射。每次到了要吃早饭午饭的时候，他总是饭桌上那个迟迟不来的人，当你跑到屋里去叫他的时候，你就会看见一个仿佛静止画面般坐在床边，一手揪着自己的肚皮一手拿着针，眼睛愣愣地看着自己的小肚皮却迟迟不动的人，酝酿半天也下不去手。到了晚上，给爸爸打针的活儿就落在了我的头上，我先从冰箱里把胰岛素拿出来，拧上针头，再用酒精棉球消毒，每次都是连他还没反应过来我就已经快扎快拔极其利索的结束这个动作了，而他也常常很勉强的被迫承认我比他的打针技术强了那么一丝丝。除此之外，验血糖也是他极其恐惧的项目之一，和在医院化验血常规的时候护士扎手指头不一样的是，在家验血糖只能他自己对自己下手。对此他总是极抗拒，没有我们的逼迫他从来不主动干这个事。

如果你说这和一个高大的形象极为不符，但事实就是如此——他就是这样一个极具反差的人。在家里时不时地“自编自舞”转圈圈，非要拉着你的手和你跳一会；在你靠着床头写东西的时候慢慢蹭到你旁边，把头搭在你身上躺着看视频，一会儿就呼噜声不断，给他盖被子的时候就觉得爸爸也像是一个小朋友了。他也会时不时一本正经地坐到你跟前，和你分享他的烦恼和不开心。他就是这样一个不苟言笑、不善言辞但却愿意把自己的可爱和柔软表露给家人的人，愿意时刻给予陪伴和怀抱，在你做作业的时候守在你桌边，一年三百六十五天几乎每天晚上都会陪着你，给你安全感和幸福感。我也总喜欢抱抱他，好像是扎在他的怀里就可以抵御一切伤心和疲惫。

四

没有阳光的下雨天阴得让人不想说话，放学后我只发了短短几个字回复爸爸的微信。他很敏感地问我：“是不是有什么想法？”我说：“没，就想安静地坐会。”

他说:“嗯，我也是经常这样，就想坐那儿待会儿，什么也不想。但其实，只要坐在那并不能做到什么都不想，但可能会停留在某一个环节不动。但这个话题从来没有和其他人探讨过，也就不知道其他人是究竟怎么样的，是不是也会经常这样的发呆。”

“发呆是件可爱的事。我觉得这个值得变成一篇文章的主题，开展一次发呆大讨论，比如：当我在发呆的时候我在想什么、别人是不是也这样常常发呆。我觉得能静静坐着发呆的人都是心理活动丰富的人，所以才常常会发发呆，思考思考自己和世界的关系。”我回复他道。

他也饶有兴趣地问：“你有没有过这样的记忆就是在你发呆，好像思维停留在一个环节上的时候，就想多待一会儿，生怕想着这个事情的时候，被什么东西打扰这个念头就会一闪而过。还有就是，我发呆的时候有时会感觉两眼的目光是重叠在一起的，是不是外表上看着像斗鸡眼？我没有照过镜子，因为照镜子的时候好像就不会像发呆那样有那种眼神。”

我回复他：“我经常默默注视着你发呆的时候。两个眼球的方向好像是分开的，极其灵活。不是斗鸡眼的形状。”

我 @ 妈妈说：“我真的是想把爸爸画进那种和几米一样的连续绘本里。真是想想都很符合。要不我根本写不出他那呆萌又后知后觉的样子。”

妈妈打趣的回复我：“我真的认为可以画一下你爸爸。就叫我的爸爸是怎么思考猪生的？”

我说：“那真的是让我看到最可爱的人生。”

是呢，和爸爸在一起的时光里满满的都是踏实和平静。他是一个会在你得意忘形，心都要飘到天上的时候把你拽回地面的人，泼你一盆冷水告诉你一切都是平常事情，没有什么可值得骄傲。他也会在你觉得好像要坠到谷底自我否定的时候告诉你他永远相信你，没有什么是不可以被达到的，只要你去做，他永远会陪着你。我常常说我和他很像，像在我们就算内心跌宕起伏嘴上也波澜不惊，像在我们的自驱力都足够强大不用别人来批评什么，我们的反思就已经足够鞭策自己，像在我们无论在何时何地都能平和冷静地对待每一个充满挑战和压力的时刻，像在和别人在一起的时候会给人踏实和安全感，值得被信赖和依靠，像在不急不躁、不暴跳如雷，也像在喜欢发呆，喜欢睡觉，喜欢和彼此在一起。

不过最像的应该就是我们都深深地爱着妈妈。

写啊写啊写，各种画面在脑子里翻江倒海地转来转去，人生中本不该有这么多的感慨和惦念，可只要一想起他就落笔温柔，好像生怕我的笔尖会把所有念头的气球都戳破了似的。我说：有爸爸在的地方就有幸福的氛围。他反驳道：你错了，是猪窝的氛围。

的确，他是一个懒得收拾的人，但是看不得很多地方那么凌乱，所以偶尔实在是看不过去了的时候也会主动收拾。我内心还是比较喜欢简单的生活，但是又想把有用的东西都置办齐了，以备随时可用。每次旁敲侧击地问他要不要收拾收拾屋子的时候，他就会说："我的东西一般都很乱，但是这个乱里有我自己的秩序，我会在乱里快速且准确地找到我想要的东西。当然可能这种乱也算是另外一种秩序。毕竟是猪的生活嘛！哈哈哈哈哈哈……"每次听完他的解释，我都哑口无言无法辩驳，怎么说也算是一个有自知之明且幽默的回答，再挑他的毛病就显得不太友好了。毕竟这幸福猪生的大部分时间都是在这"猪窝"里度过的，而他又是这猪生里必不可少的重要角色，所以最好的方式就是——让他歇着我来收拾。

五

"女儿就是爸爸的小棉袄，上辈子的小情人"这种话我真的是从小听到大。以前总觉得如果这样的话那女儿肯定都和爸爸很好，长大了发现并不是的，其他家庭中的父女相处方式好像也少有同我和我爸这样腻歪的，以至常常让我自己都觉得甜腻，更别提我妈总吃醋了。

倒也难得地发现约束、爱护、放手这三个看似在一组家庭关系中很难同时出现的词就真实地出现在我的成长过程中，并对我产生着巨大的影响，那种爱的力量会让人成为一个有归属感，有自我约束力，能吃苦且独立的人。而他们带给我的远不止是让我知道自己该如何成长，更让我知道一个家庭该如何成长，如何带给别人好的影响，做一个充满爱、懂得爱、会爱的人——爱身边的每一个人、爱生活、爱每一片眼前的绿意和好天气，也爱自己。

而被爱滋养着的成长也真的会让一个人成为就算看到生活的所有不堪也依旧热爱生活，相信美好的人。而爱的样子也就是简简单单地和他们一起去看我喜欢的画展；一起在春天的植物园里骑自行车；一起陪爸爸到楼下走路，给他讲我生活中的故事；一起靠在床上，谁也不说话就安安静静的各干各的事；三个人一起拉着手睡着，再被爸爸的呼噜吵醒，发现爸爸默默地给我和我妈腾出宽宽的大地方，自己贴着床边，然后大清早骑着被子被妈妈挤到了地上又默默爬上来的时候迷迷瞪瞪的傻笑；是他会想到一切我们的需要然后全都准备好，在我们惊讶的时候露出骄傲的眼神；是在问他最想做的事是什么他回答“和你妈一起待着”的时候温柔的语气……是有他们的日子和每一个与他们在一起的时刻。

如果要用什么词句来形容我们仨的关系，那就用我发在朋友圈里的那段话吧：

只有你们才能读懂真正的我，也只有和你们我才表达真正的我自己。你们明白我的每一个眼神，懂我的每一个笑而不语。我们交换着彼此经历中的种种思考，交换着每一个不同时刻的心理感受。我之所以爱这个世界是源于你们，然后开始热爱生命中的每一个点滴。我们聊了太多，沟通了太多，我无法张口对别人甚至对自己都无法诉说的事情，却总会在深夜的电话里和你们说起，然后说明白，进而打开自己。我们交谈着彼此基因链连接中的种种相似，又打趣地说着我们的种种不同。我常常让你站在外人的角度审视我，你也的确如此这样做，那些针针刺醒我的痛处的话是我一生不愿承认的宝藏，等待我面对和消化。感谢你们与我这长久的灵魂相通，也希望我在未来的时间里越来越有心力，与你们在岁月里共同经受打磨。祝我们能永远彼此明白，彼此见证。

六

读起小时候写的词句也不免觉得矫情，倒不是认为做作，只是把每一种小小感受都一一落笔的这种事只有在小时候才会做到。记得上次那本备忘录出版以后，一个同学的爸爸评价说："虽不知写的怎样，但胆量可嘉。"其实对这句话我也"耿耿于怀"了很久——不知他是在否定我的文字还是在表扬我的勇敢？但现在好像也不再在意了，倒是极感谢我自己，因为敢下笔，敢记录，敢把文字写给自己，敢让那些文字承担成长这两个字的分量，所以才把我的生活都记得清清楚楚，让我看清了每一个证明长大的瞬间。而文字的意义也远大于一眼扫过后觉出的所谓"精美"，把内心的波澜壮阔表达给文字或许会有更清静的身边、更深刻的眼光和更澎湃的内心。

在忙碌繁复的生活中给自己找到一个缝隙用来呼吸，给自己空白的时刻用来思考每一个值得记录的瞬间——因为人只有感受是不会成长的，人要基于感受去总结做对了什么，做错了什么，才能长大。

把想法拽回到与爸爸有关的事情上。估计这文章中的词词句句是把我爸爸的生活特性暴露了不少出来，希望他不会以此来怨我吧。写这文章的目的，可绝不是要向看到它的人表明我写的人是多么的可爱，也不是为了写而写。只是想让我自己在日后的生活中每每想起他就脸上充满笑意，在和他一起时牢牢珍惜且记住他可爱的样子用来在不和他一起的时间里回味，也用来抵挡我老去之后的遗忘——读来想想就温暖我经历过的每一寸光阴，当然也用来证明之所以因了他我才成了一个温厚且纯良的好人。

七

会想到写这样一篇奇怪的文章是因为觉得某一天妈妈对我和爸爸聊天过程的总结很对：一对猪父女的猪生论。

为了达到语文阅读题里“结尾与题目相照应”的要求，我再多添些祝福吧：祝我们的猪生平安幸福，顺遂如愿。

反正生活总是要比电影情节更让人无法预料，但只要爸爸在那，生活就是生动可爱的。而我也希望自己能再饱读诗书一些，把这猪生的幸福写得更加动人和明了。

2019 年 11 月 10 日

拾捌

又是新年岁

和往年的开头不同的是——

这是一个在家的年。

“家人闲坐，灯火可亲”的愿望被疫情蔓延的情势阴差阳错地实现了，不用隔着手机屏幕拜年，不需要用烧水壶煮速冻饺子，不用窝在食堂里用垃圾网速看春晚直播，不用在除夕夜本该阖家团圆的日子隔着时差考试，不用在异国他乡空荡的大街上给自己过着没烟火气的年……

远隔重洋万里之外，虽说身边的节日氛围越发显得清冷和孤独，但自己心里的年味却好像比小时候更为浓重了些。老话虽说好男儿志在四方，一个人生活的日子也的确会把人变得更闯荡和果敢些，但每逢佳节倍思亲的想念还是会随着渐远的距离和渐长的时间而逐日攀长，并屡增不减。但任想念这两个字如何在心里波涛汹涌般翻来覆去，表露无遗的却还是对想念只字未提的沉默。

日复一日的忙碌依旧没被丢掉，往前走的脚步也从未停歇。

所以只好把故乡今夜思千里的感慨藏在深夜一个人看月亮的目光里和一口口食不知味的饺子里，默默祈望来年生活平顺万事尽意。

但当终于能把这些平常到最贴近生活的事情牢牢握在手里的时候，好像也确有那么一瞬觉得难以置信了些，不知道团聚这两个字什么时候已经被我当作了不敢想的奢侈，也数不清到底错过了多少本该陪伴在他们身边的时间和机会。

自从姥爷走后，这人的承受力好像就越发的大了起来，但胆子却越发的小，也越发看清楚了时间究竟是一副什么冰冷模样，就如同当你还在嘴边犹豫着要不要把一句话说出口的工夫，这个人可能就再也听不到你想要说的话了。好像从那之后，心里就一直会有个声音在默默推着自己，告诉自己想说出口的话要赶快说，想去做的事要赶快干，不要给自己留遗憾和后悔的机会。很多事情确实也需要当机立断，来不得半分多余的犹疑，比如多做一点爱他们的事，多把对他们的爱说出口，比如想见的人要赶快去见，突发奇想的点子也要抓紧实现……

那些藏在心里的话要赶早说，那些被惦记很久的事情也要趁早做。

舔笔、刮墨，手里抓着笔杆，落笔福字脑袋上的那一点。姥爷走后，也少了人来写福字和对联。但愿爸爸和我都可以再回回功，把写字这回事当作传承。不仅是习惯和爱好的延续吧，也当是对姥爷报以怀念的另一种更为深刻的方式。

正月的天气透着春字打头的日子里特有的凉和暖，红纸黑字映衬着屋子里的亮堂。把多出一张的福字贴在了蝴蝶兰的紫砂盆上，锅里蒸着八宝糯米饭和山楂枣糕，熬的冰糖也慢慢露出了焦黄的颜色，把竹签串着的草莓和山楂丢进糖里滚一圈，好像就能连带着日子里那些最平常瞬间里的甜一起包裹起来。桌上的红蜡梅和红玫瑰掺着玻璃杯里的红茶和桂皮的香钻进鼻腔，姥姥在厨房里准备着年夜饭，热气腾腾的画面和韭菜虾仁馅饺子的香味是比倒计时钟声还能提醒人的东西。它们就这么真实存在在你眼前耳提面命着你，旧年不复又添新岁了。

换句话说大概就是，是时候该辞旧的迎新的，改掉自己希望改掉的，努力做一些希望自己做成的；告别一些不如意的，祈愿一些更顺遂的。

记得小时候总爱在大年初一的早上赖床，感觉好像从早上六七点钟开始，家里的门铃声和院子外的爆竹声就没怎么间断过。那些来拜年的大人们总会轻声走进我的房间往枕头下塞些压岁钱，家里人也总会轮番去屋里拍拍我试图把

我叫醒，打趣地说着“快起床吧太阳都晒屁股了”之类的话。高压锅呲呲的冒着热气，奶奶炖排骨的香味会顺着厨房的门缝溜出来，把一家人馋得直咽口水。奶奶喜欢包皮薄馅大的白菜馅饺子，会给我们做爱吃的炖排骨、炒芹菜和尖椒炒肉。而印象里小时候最喜欢干的事就是在被奶奶赶出厨房以后，隔着大玻璃门趴在椅背上看着她，哪一步放花椒大料，哪一步倒酱油撒盐，炒肉要多久，炖肉又要多久。看得久了，好像也就把奶奶炖排骨好吃的秘诀学到手了。

虽说今年好不容易能在家过一次年了，但因为疫情还是没能回到爷爷奶奶身边。好像这新年也不怎么“新”，年味好像也和小时候记忆中的模样差了点意思。兴许再过上个十年八载，他们也会寻着我的足迹来过这年或节，或许会把那些约定俗成的春节习俗或有关节日的热闹生活带到对我们来说都陌生的地方也不一定，而时间、地点、形式其实都不是重点，有爱的人在一起的时日就是节日里团圆的意义，他们会把你从独自一人的清冷生活中拉回这人间烟火气儿里给你捂得温热。而无论再过上多久，即便他们有一天会老到走不动，我们也能互相碰杯、拥抱，彼此有好故事可说。

的确啊，离开家的日子像是一步大跨越式的成长，惦念和牵挂都被拉得很远很长。虽然年轻和人生的标题被越往前走越清晰的步伐和眼光衬得越来越明了，可无论生活的环境再“洋”，走出去的距离再远，离开的时间再长，每一次出发都还是为了回家，永远离不开逃不过的是骨肉血脉里要守着的东西和扎在心里的念想。

而这年和岁，说白了就好像是把刀子，人们要亲手把这连续不断的、一往无前的时间切割开来看待。我们要在这恰好的切口上相互祝愿，彼此抱拳，说着那些祝福的话，摩拳擦掌地准备迎接下一个打怪升级的关卡，再怀以满心欢喜与期待地为下一个切口准备着。

年复一年，周而复始。

而日子也无非如此。如期增岁，过年的含义和岁月蛹动的意义不止于此，这更像是中场休息，是养精蓄锐来为不被时光击溃充足勇气，是备足弹药和火力为家兴百和、国泰民安做足准备。而无论是远隔重洋还是身处家乡，最真切和迫切的愿望都是希望这个世界可以不被病毒困扰和左右，世界秩序能回归正常，全球卫生系统更加完备，人们摘掉口罩大口呼吸，肆意大笑、亲吻和拥抱的日子可以早点到来。

希望这一年又一年度过的年岁和朝暮能让人在心里感觉得到光明和热烈，进而对所有的日子都怀以满心的期待和爱意。

也祝这新来的年岁和新年里的人们——

万事顺遂无蹉跎。

家兴百和，康宁颐乐。

2021年1月24日

句

部分好友可见

● 长大这件事就好像你发了一条仅自己可见的朋友圈

● 我们都是那种知道要失去才懂得珍惜的所谓高级动物。比如拍照留念，拍照的瞬间就是告别，只有该离开时才知道纪念。

● 人是群居动物。

到了陌生环境必须要立刻扎堆寻找同伴以应对身边的寂寞和心理的孤独。

但恰好又总是这种时候我就又陷入了自我怀疑和自我疑惑。

到底是我不是人，还是我不是正常人，还是我身边的人都太过平常了。到底是我不孤独，还是我太孤独，还是我喜欢孤独，还是我常处于孤独却无察觉，还是我陷入孤独中却享受着孤独，还是其他人太害怕孤独太依赖陪伴。

常常陷入这种疑惑不解的感受却也找不到什么所谓的答案。

我只能从自己身上看见我自己，也只能在他人身上看见他人。别人所极重视的一日三餐和成群结伴在我这是最不重要的。反而极为重要的倒是得有几天饿一饿，一天里必须要有时间和自己在一起或者说要有大多数时间与自己在一起。因为只有与自己在一起的时间里才是极为跳跃欢腾和有安全感的时刻。

人要与世界关联、融合，要与其他人交流、共享。

人不是绝缘体。

但人最重要的一部分是和自己在一起，并喜欢和自己在一起，敢于和自己在一起。可别连自己都没认识呢，就去认识了很多很多别人，感觉内心得到了所谓的满足和认可，然后回过头发现自己也不知道自己是谁了。

● 人人心中都有一点朱砂痣，又有谁能抓得住。
又有哪个诗人可以摘到自己笔下的月亮。

● 只要一直热爱且怀念就永远不叫告别

拾捌

- 每次觉得自己太焦虑了，得完成的事太多了，考试太多了，不可开交的时候。别人总说你应该去休息一下。

  但岁数到了这个时候，上了这么多年学也受了这么多年折磨之后就发现，休息锻炼吃东西都没用，最有用的解决焦虑的方法就是继续干活，坐着累了那就站着，其他什么缓释都没用，从源头解决问题，做完一个是一个。

● 总有些柔软的感触只能写在心里面

拾捌

● 自觉与凌晨四五点的月亮成为老友

● 理想不能脱离现实
脱离现实的理想就是空无

● 总有人既不金玉其外还非常败絮其中

● 戴上眼罩以后说的话都是给自己听的
就像大半夜的眼泪都是哭给枕头的

写诗也许是生命中最重要的小事

● 骨子的“文艺气息”是涵于生命里的，不是小调调的造作，也切不要做作，且不必对身边人有什么其他影响。这样的你，于他人于自己都是舒服的。

● 那天好朋友打来电话对我说点伤心的“悄悄话”

我说：“你们两个在一起的时候同时否认了自己的价值，你认为你很无能，他认为他做得不好对不起你，但你能说这是坏的爱情吗？不能啊，在你们、在任何两个人在一起的过程中不都要互相依赖互相帮助吗？所以这个过程中该有的你们都有了，会发生的都发生了，它就是一段好的过程。只是，你们要学会脱离了彼此之后，你们都还是一样好的自我，甚至更好，好的感情不仅能让自己更好，也能让对方更好。脱离开两个人在一起时的感情，或是以后和别人在一起的时候你们都还是完整的自我。可依赖时我会向你示弱，自己一个人时独立坚强拥有自我。你们还是一样好的你们，不要因为一段感情就否认自己。也不要因为别人思想的改变惩罚自己的感受。”

故事的来龙去脉算作秘密。

我只记得妈妈开我的玩笑说：如果有情感咨询这个专业，你一定算是在行。

也许吧。

- 记忆中一直留着的画面是小时候在奶奶锅碗瓢盆轻响的当啷声中变困，听着墙那边的洗菜池流水哗哗和刀落案板发出的叮当声慢慢睡熟。

  梦还没做到头，就会被一声喷嚏惊醒，从门边望出去就能瞥见奶奶坐在阳台上缝着衣服。小城里的落日黄昏是新鲜的橙红色，打到屋里的地板上会变成暖暖的黄光。棉布的线屑飘浮在空中，奶奶的老花镜滑到了鼻尖上，她把手里捏着的针抿到嘴边，慢慢脱下大拇指上的顶针，然后举起那条刚做完的绿花布小裙子细细端详。

  伴着板凳的咯吱和她起身的那一声哎哟，我心想着那个没做完的梦的结局该不会就是有了件新衣裳吧。

拾捌

● 有时候你会觉得“这么多的活，我哪干得过来，不如不干了”，
然后你就举起了手机靠在了沙发上。
可是哪怕做一点不也比你一点不做强？

● 人对世界的认知不要只溺于周遭而已

● 来回修改 Personal Statement（个人陈述）的过程真的是一个可以让自己认真看清自己到底想要做什么，已经做了什么，和理想还有多大差距的事情。

- 万事都怕一句“如果你真的享受其中”

拾捌

● 一个人搬家、一个人去医院、一个人去警察局、一个人吃火锅、看电影、走很远很远…… 一个人做着一切在别人看起来独自做难免显得有些莫名其妙却又在我身上显得如此合理和正常的事。孤独是福、是常态，是热衷着又很沉浸着的事情。

“因为孤独而沉浸，又因沉浸而变得强大。”

大约是一个人的世界过于充满魅力，周遭都可以在那个当下与己无关。只遵从内心感受和自我情绪需求，想一些向内挖掘的事情，浸在孤独里这件事是单用好字概括不来的，那种幸福感和满足感可太能把人迷住了。

比如落日正好，单是为此驻足便好像已经足够温暖，注视的眼神可以钻进光里，神游一遍天象，心里是满当当的热烈和美好。

● 把生活照单全收才叫长大

● 长大大概就是，总会有突如其来的沉默，也会有那些热烈而沸腾的情绪，但当别人路过时，却连一丝烟气也嗅不到。把压制情绪和心思这件事做得越来越顺手，所有的脾气都越来越无声。

- 小时候不期待结果
  哭笑都不打折

● 书写缺失的诗人。

你要知道诗人是极其柔软的，也是意志极为坚强的。他们抚摸自己的灵魂，游走在自我救赎与自我挣扎的边缘。他们以笔为刀剖析自我和他人的“自我”，与精神世界的极末梢过招，既抵抗自我精神的侵蚀，又在思维与感情的漩涡中呼吸。活在自我里又把自我完全敞开在大千世界面前。

这是诗人的富有之处还是诗人的不幸？没有人敢评头论足。因诗人在极力够向人性深处的真理，浪漫不死的理想、抑或支撑生命的勇气。

● 人活着就得有点不信邪的架势

● 人活一个通透。

每每看很多节目中许多人因为执着于很多事情而产生崩溃和抑郁的时候，心里虽会深深理解和心疼，但也深深知道我或许不会因为对什么事情的执着而伤害自己。人为独立个体存活在这个世界上，我们的所作所为都是要奔着本质是对自己好的方向出发的，如果做一件事的最终后果是对自己造成极大的伤害的话，那这样的事情无论在你心里具有多么庞大的意义，它都是对你有负影响和负价值的。

● 在最黑暗的人生片段里，做把自己拉出深渊的那个人

● 睡前说的话和在白天想的人都会溜进黑夜的梦里

- 不要活在别人的眼光中，学会平静地接受客观和正确的评价。学会过滤那些对你没有价值和营养的言语。人都在活自己，生活机缘使人与人产生的交叉也只是出现在生命长河中的站点，就像火车从起始站出发，中间不管经停多少站也始终是朝着终点站开，永远不会因为经停站上一两个人的晚上车或不下车就停步不前或改变轨迹。

感觉滤水壶很值得我学习，能把我宿舍里那么难喝的水过滤干净留下有用的矿物质。

人也要这样，学会过滤，知道提取，适当屏蔽。

● 点点香，弹弹吉他，泡着白桃乌龙，开着窗，闻着窗外夏天的味道。

其实也说不出究竟是什么气味这么勾人，就是暖暖的气息带着土和叶子的清冷味道飘进鼻腔，人就莫名踏实安静，感觉世界一切美好。

说实在点，就是考完试了，心情放松，看什么都好。

● 女人在成为母亲之前，先要成为自己

● 傍晚有风
携着芍药香
我们什么都不做
单是走走也好

● 写作是与自我和解的过程

拾捌

● 形容词可以成为话柄

- 成长永远都是自己的事，只有自己深一脚浅一脚地栽过跟头了，才知道对错好坏。即便搬出天王老子来当救星也没用，谁都没办法替你长大，替你经历时间荏苒和那些需要自己面对的事情，谁也做不了你的挡箭牌。只有自己强大，才能无所畏惧，才能给自己足够的底气。

● 努力和拼尽全力是两码事

● 厕所简直就是让我能逃离外界的一方宝地

● 我觉得在生活中，会让别人感觉到舒服的成熟感就是他会是一个有同理心的人，会站在别人的角度考虑问题，体察他人的感受和想法，也可以去根据他人可能会有的情绪做出相应的反应，不会在很多场合让别人感到尴尬，给大家留足面子和空间。待人大方、温和、友善。

- 很多时候选择离开也许并不是懦弱的行为，而是我们可以去远方找寻一些现在生活里面看不清的真相。

拾捌

● 太触及灵魂深度的思想不适宜被拿来交谈

- 问心无愧可能换不来万事如意
  但对得起自己很重要

● 听听知了蝉鸣，看看晚上九点钟都没落下去的光，还有白白的床单，檀香味的蜡烛掺着新洗完衣服的味道，到夜晚内心就有难得的平静。

平和是一个人的世界里最舒服的状态，一个人独处是生命中最增长智慧的时光。

- 真正内心成熟的人是，他和什么样高度的人在一起就会表现出什么样的高度，有足够的内心储备支撑他与这个层面的人产生共鸣。

拾
捌

读书不是一件单用臆想的情怀就能达到的事

● 万物皆甜

你胜过万物

- 大事都不大，大事都很深。要提高一种意识，以判断出当下的小可能是未来的大。

● 若有什么不开心的事发生，便把它写成笔下的诗，看一个事情由不堪变成宝贝的时候，便会心情大好。

拾捌

● 小孩的天真有时太尖锐
总是会像把利剑戳穿所有不堪
不留情面

做一个有营养的人，写一些有营养的文字

● 床头的蜡梅枯了
干花的瓣脆到碎了一地
明天天气好的话
去买花吧
冷漠又忙碌的日子里
做点无用却浪漫的事
美好和温柔的感觉被填在心里
大抵就是无用的事的某个意义
无用却也有用
浪费时间的同时却也被时间善待了

● 我们身体里那些无处安放的情绪和藏在每一个身体缝隙里的孤单是会在不一定什么时候就跑出来的，它会在某一个时刻放大，以至撑满你现在的每一点感受和周遭的氛围，你的大脑仿佛被什么东西牵引着走，却不自知为何自己会生发如此的感受和行为，你会感觉到身体里本来的你的样子——是卸下了所有防备、武装和盔甲之后的你。但却不知道在这么多个自己里哪个才是真的自己。

拾捌

● 那天回学校了，本来想在放学的点儿等着门口卖烤冷面的叔叔阿姨出摊儿，后来发现怎么也等不到，突然就觉得好像时间过了这么久好多东西都和以前不一样了，所有的东西都在悄无声息地发生着改变。

晚上该回家的时候正好饿了，就走进了学校对面那家卖烤冷面和煎饼的小铺，抬头发现竟然是那个之前卖烤冷面的叔叔阿姨，装烤冷面的小碗也还是和以前一个样子，瞬间就觉得好温暖，那些过往的时光又在脑子里重现了一番。

● 耳机的降噪模式就是把你抽离出所处的那个世界的良药

拾
捌

● 想让世间所有温柔的事情拥抱你
“而你就是温柔本身”

● 那天爷爷说起来在机场送我的时候，我每次都大步流星头也不回地往前走，他们就在那个玻璃门旁巴望着，说看我走得特别潇洒。

可是只有我自己才知道，不回头是怕让他们看见我哭，也怕再多看一眼就不想走了。

不回头就是逼着自己长大，不再做一个被留恋和思念掌控步伐的人。

● 窗外阳光超好，阳台上吹着凉嗖嗖的风，奶奶在厨房里做饭，他们坐在客厅里聊天择菜，我靠在床上和小润一起看电影，她的小脑袋靠在我肩膀上，身上还是小时候那种带着奶香的味道。

那种好像又回到了小时候的画面和场景，成了整个秋天最有幸福感的事。

- 永远不要把你和别人的不同归结为别人的问题所在

● 二十三度的秋天，穿着大大的外套一个人走在六点多的马路上，耳机里放着单曲循环了一天的歌。屏幕亮起来，丫丫说收到了蛋糕，打开语音给她唱了生日快乐歌，隔着屏幕陪她过着十九岁的生日。闻着路边面馆里飘出来的香味，走会停会抬头看着暖黄色的路灯，红灯绿灯来回变换着控制人们的脚步，好像天上又多了两个颜色的星星在远处眨着眼。

往家走着，爸爸发微信来问晚饭要吃什么，头顶的树叶刚巧落到了屏幕上挡住了键盘，好像是帮我说着我懒得吃饭的心里话。两个司机在路口争执着到底是谁先撞到了谁，交警在路边签着罚单。

看着那些和爸爸妈妈年纪相仿的人拎着满满一大袋子的菜从超市的楼梯上走出来。突然觉得，到底不是老人啊，毕竟老人们买菜都是要去菜市场的。又突然觉得，到底是人人都会长大变老啊，毕竟姥姥姥爷爷爷奶奶怀里的宝贝也到了要去买菜回家做饭的年纪。

路上低头看手机不是好习惯，突起来的井盖差点没把自己绊个跟头，但好像写东西这个事就是任什么也拦不住脑子里迸发的想法和感受吧

快到家了，要腾出手去取快递了，就再多一句啰唆的话吧——走得越远了就越想走回来，可以在家的日子就是好到有足够多的烟火气够把你的心抚慰得平和、有着落，觉得日子可期，想抱的人都离得不远。

- 你和更好的你之间充满了无限的可能，也请给予自己更多的期许

拾
捌

● 当与你并肩站在美景前四目相对时我就知道了浪漫的意义

● 人没有边际感是一个特别可怕的事情

● 什么时候能把有精力号啕的时间放在解决问题上你就不会有那么多烦恼了

- 人生的养分不是只有锁在温室里才能汲取到。早一些经历挫折与磨难，我们才会过得更有心力，更有逆商。做温室里的野草，不觊觎富贵，也能享受清贫。能懂得享受生活的慢热余温，也能站在逆境里吃苦拼搏。

● 好多事都没法衡量得失，也不是什么事情都能用得失来评价，要说非得计算一下这事它是赚了还是赔了，那给自己和他人带来的负面情绪和心理负担就是亏损，你们曾经在一起那些快乐又美好的经历和时光就是盈利。或者说，以前那些难忘的美好就是糖，在日后不定什么时候苦了的日子里，还可以撕开一块尝尝甜味。

● 生命历程中的大多事情本就是既有蜜糖又有苦水。只要经历过了就不要后悔在那个当下时刻自己做出的选择和决定，毕竟时间没法回头。若能在往后的日子对得起自己的选择和判断，并不遗余力的大步向着自己心里的方向走，那便是人生有限年岁里最不负自我的事了。

● 在我们闹别扭互相不搭理彼此的一天里
我给你画好了好久没画完的画
给你买好了生日礼物
写了一首关于你的诗

● 备忘录是拥有体恤功能的自我修复指导手册

拾捌

● 你活在了我的想象里，成了我寄托爱的载体

● 老人内心世界的孤独是你路过他就会感觉得到的

● 写诗就是在脑子里用文字画画

拾捌

● 你要好好过生活，而不是在人间凑数度日子

- 人世难居，只好写诗句救自己

拾捌

● 每一个时代的人都有每一个时代的人不同的苦

- 真正的长大是逐渐拥有可以评判自己对错高低的三观，而不再用自己的尺度和标准去要求和衡量他人，也不再把自己的意愿强加给他人，更不会希望别人按照自我的标准来做事和生活。豁达坦诚地去面对千奇百怪、千姿百态、百人百性的世界，理智地控制自己的欲望和情绪。

  做好自己，但行好事，不渡他人。

跋

妈妈写给女儿十八岁的信

妈妈写给女儿十八岁的信

嗨，我亲爱的宝贝：

为了写这一封长信给你，我其实酝酿了好几天，如果说我酝酿了十八年，我想你也认同。

不知为什么妈妈自今年起开始经常有健忘的现象，我对世事的洞察越发通透，对人性的理解越发了然于胸，外表看似云淡风轻，其实我的记忆力已经在不断衰退。你可以理解为那个十几岁在报上发表诗歌《小河》的你妈妈到这个年龄段，已经把自己汇成一片大海，一切的精彩都在海底沉积，波澜不惊看日出日落，别人眼里的风雨雷电、惊涛骇浪，别人眼里的旭日暖阳、和风柔沙，在我这儿都成诗意，但又不算什么，我的诗在心底，我并不在意别人读得懂读不懂，这也许就是真正的平和。

一个有如此心态的妈妈在女儿十八岁想送什么呢？我接触过很多优秀的青年人，也见过很多别人家优秀的女儿，但你确实长成了我心目中的女儿该有的最好模样，我时时感念上苍——是如此的幸运，这个拥有最好模样的女儿竟然是，我的女儿。

你在十八岁的年龄，就有了中正的世界观，清醒的价值观，向上的人生观。你成长的坚实、不讨巧，朴实、无骄娇二气，务实、从不在烂事上纠缠。你清楚地知道自己想要什么，并且在勤奋地为之努力。每每感受到你的这些品格，我的心就会越发的——沉实静谧，这也许就是 " 放心 " 两个字的含义吧。

感谢上苍，让该来的恰到好处的来，让刚好的年龄收获刚刚好的给予，这种刚好所带来的机缘，一定是上天在提醒我们，每每遇到这样的机缘，我们一定要开悟——要用悟性去开释自己，获取上苍的天机，让我们人生永保清醒，路径选择正确，让我们在不同的顺境逆境苦辣酸甜中，获得成长的智慧与勇气。孩子，特别是逆境，逆境的收获更是无穷。悦纳——多好的一个词，从开释到顿悟再到智慧，不断提升的感觉，就是一个从优秀到卓越的过程。

给你写这封信的时候，你在美丽的剑桥，他古老的文化他绅士的文明他优美的自然和人文，其实，想想，剑桥那些灿若星河的诺贝尔奖获得者们，那些影响全人类前行的大师们，你能够与他们比邻而居就已经非常非常幸运了……有些营养，它的汲取与浸润，全在一个人的感知，其实，与天地合其德、与日月合其明、与四时合其序也涵这个意思，顺应感知也好，敞开收纳也罢，沐浴广博的自然精华和人类精神的精髓，也是同样的道理。你要清晰知道他们存在过，你要真能读懂他们，要能在同一个空间与他们做能量的交换，因为那片土地的一砖一瓦都认识他们，他们不仅来过，而且一直在。

妈妈曾经无数次说过，孩子越优秀，越是社会的，是人类的，妈妈还说过有多远走多远，去做你喜欢的事情，去你想去的地方……但其实爸爸妈妈的心始终跟随你，一刻也不曾分离，一刻，也不曾。

自你去了英国，你的稳健、不喧嚣，做什么与不做什么，很清醒，令妈妈很信服。上次因为香港暴乱事件波及与影响，学校发的 email 里出现了一些不当言论，你打过来一个长长的电话，那种发自内心对祖国的热爱而表达出来的坚定、自持与清醒，令我感动。你从不盲目地过洋节，你对中西方文化的精华与糟粕很清晰。你尊重他人，同时也非常有自信，这种文化自信，在国内生活的很多成年人都不一定有如此清醒的认知，所以妈妈说信任你。上次你的同学小倩在食堂摔了个大跟头，眉骨摔了大口子鲜血直流，学校竟然没有老师陪着她，只有你坚定地上了救护车，一直拉着她的手，你发过来的微信说自己急得直哭，特别心疼，一直微信咨询淡化疤痕的药安慰她，第二天又很早起来去她宿舍亲手煮面条，挤你学习的时间陪伴她。其实我跟你爸爸那天夜里都没有睡好，特别担心你，怕你没来得及穿外套就跟着救护车走了会冻着。但是在异国他乡，你如此照顾受伤的同伴，令妈妈敬佩，妈妈很以你为自豪。

写这封信的时候，我恰巧在美丽的天府之国四川成都出差，这个季节的成都，满街道的银杏树金黄耀亮，芙蓉和茶花鳞次栉比竞相开放……

写这封信的时候，爸爸在北方，窗外下着轻雪，看着朋友圈晒出的雪，妈妈想起了俞平伯散文中的四个字：疏朗溟蒙，说初冬的雪就像疏朗溟蒙的银雾……

这次来成都，妈妈又去了杜甫草堂，思索诗圣“安得广厦千万间，大庇天下寒士俱欢颜”的忧虑；妈妈还见了我过去的老朋友，我们回忆起说过的“三气”：人生要有英雄气，是一种舍我其谁的理想主义；江湖气，是一种侠肝义胆忠诚为人；书生气，是一种济世报国的情怀。境遇不同，但坚守要在。

你 18 岁了，成人。其实，成人这两个字真的与年龄无关，法律上你开始成为公民，赋予你权利，也要承担相应的责任。但能不能真正的成人，对于任何人来说，都是一个课题。

作为妈妈，写这封信，希望十八岁的你除了不放掉逐渐清晰的理想，也希望开始积累一些涉世适用的人生经验。

那么人生经验从哪儿来呢？

一个是书本，一个是多与高人过招儿。

妈妈希望你一辈子做一个读书人，不是酸腐的读书人，是真正有学识的读书人，因为最是书香能致远。读两类书：一类是全人类共同的文化遗产，古今中外的经典书籍。时间有限，只选经典。经典书籍打下的基础，地基牢固。另一类是紧跟时代前沿的思想成果，是不断与时俱进的，在打基础之上，能让我们放眼长远，把握未来。

同时，中国有一句老话叫：百无一用是书生。因为现实的人生哲学与书本中所写的，尚有很多罅隙，需要用人生的经验来填满，这种人生经验往往来自实践经历，越是受益的人生经验，人们多数会私藏不予分享，所以要多与高手过招儿，发现 " 好为人师 " 的前辈，要立马汲取借鉴收藏。前辈们的招数儿办法，有的看似是小聪明，其实有大智慧；有的当时不一定理解或者不屑一顾，其实摔了跟头回过头一想，方知其中深意。

漫漫人生路，是一个不断修炼的过程，妈妈希望你从眼睛到眼光直到真有眼界，妈妈希望你从思想到理念直到真变成格局……因为眼睛看到的只是当下，眼光才会看到过去与未来，而眼界是多维的立体的，可以超时空感知与呼应。

无论未来怎样，有眼界有格局的女人，都会更加幸福，这是妈妈坚信的。无论你选择叱咤风云，做一个女强人，还是回归家庭，做一个小女子，拥有眼界与格局，都会令你更加幸福。

那个谁谁谁说：“所有人的坚强，都是柔软生的茧，属于你的另一个全世界，终会以豁然开朗的姿态呈现，以我们必须幸福的名义。”

十八岁，打开一个全新的世界，拥抱属于你的未来。以幸福的名义。

十八岁，豁然开朗。

十八岁，带劲儿活。

永远爱你的妈妈

2019 年 12 月

只希望自己在多年后回看还会依旧真诚热爱着自己的十八岁